Scheiße am Schuh

Dieter Scheidig

Scheiße am Schuh

———

Zwei Erzählungen

Mit einem Nachwort von Elisabeth Thaler

Rudolstadt, im Januar 2024

Bibliografische Information der Deutschen Nationalbibliothek: Die Deutsche Nationalbibliothek verzeichnet diese Publikation in der Deutschen Nationalbibliografie; detaillierte bibliografische Daten sind im Internet über http://dnb.dnb.de abrufbar.

Umschlag: Gestaltung Jörg F. Nowack

Lektorat und Nachwort: Elisabeth Thaler, M.A.

© 2024 Dr. Dieter Scheidig

Herstellung und Verlag: BoD – Books on Demand, Norderstedt

ISBN: 978-3-7583-2367-6

Dem guten Angedenken meines Vaters

GERHARD HELMUT SCHEIDIG

20.05.1931 – 10. 07. 2000

geb. zu Rudolstadt – Volkstedt, Kleine Gasse

gest. in seinem Vaterhause zu Rudolstadt,

Am Rosengraben

Inhalt

Ein Wort zuvor ……………...…………………………………....11

Scheiße am Schuh ……………………………………………15

Was wir zu Corona sagen ……………………………………...59

Am Leben vorbei. Nachwort von E. Thaler………....113

I

Man muss sich selbst erkennen. Wenn das nicht helfen sollte, das Wahre zu finden, so hilft es wenigstens dabei, sein Leben einzurichten, und es gibt nichts Richtigeres.[1]

Blaise Pascal

---

[1] Pascal, Blaise, gest. 1662

Ein Wort zuvor

Ein Autor schreibt, daseinsleidend die eigenen Grenzen aufgebend, über das Wesentliche seines Erlebens, er wird Fotos, Gespräche, Ausflüchte, Erwandertes und Träume in sein Schreiben mit hinein nehmen ... er nimmt sich einfach das sehr dreiste Recht, über „darüber" zu schreiben. Das sollte er zumindest. Man erwarte hier nichts Raffiniertes: die Wahrheit neigt fast immer zur Simplizität und dem frustrierenden Ergebnis banaler und fehlgeschlagener Erwartungen.

Der tsunamiwellenhafte „Beachtlichkeitsanspruch" (ein wunderbar passender Ausdruck des Philosophen Arnold Gehlen) manches Möchtegern-Autors kontrastiert merkwürdig mit dessen gesellschaftlich (von mir so empfundener) unmaßstäblich hoher Wahrnehmbarkeitsschwelle und dem mageren Gehalt und Erkenntnisgrund von deren Werken.

Aber wo beginnt der schwammige Begriff des „Möchtegern" und was scheint die Ursache für die Verborgenheit manches literarischen Schöpfers? Ursache dieser eigenen Verborgenheit ist oft ein Mangel an Energie, welche den Zirkel der reinen Schreibarbeit verlässt: mangelnde Energie zur Eigenwerbung; Energie, Manuskripte verlagseinzusenden, Mangel-Energie, eine Selbst-Reklame zu organisieren ... Weiterschreiben! Weiterschreiben, „... gerade ich, der ich doch wissen sollte, dass man Bücher nur schafft, um über den eigenen Atem hinaus sich Menschen zu verbinden und uns so zu verteidigen gegen den unerbittlichen Widerpart allen Lebens: Vergänglichkeit und Vergessensein."[2]

Aber wo nun beginnt das ausreichende Maß des wohl relativ erscheinenden Erkenntnisgrundes? Wer will dieses ermessen?

Wenn der Leser nicht mit hirnlosem Hedonismus, absoluten Wahrheiten und Kleinlichkeiten gequält wird, ist der Autor nicht gescheitert! Wenn der Leser nicht nach zwei Sätzen oder zwei Seiten das Buch in die Zimmerecke pfeffert ...

Der nun, der Autor, braucht ja die Dinge durchaus nicht beschreiben, welche der empfindsame Leser selbst sieht ... oder um mit Walker Percy[3] zu sprechen, dass es eben nicht die Aufgabe eines Autors sei, zu schildern, wie die Dinge seien, sondern zu benennen, dass die Menschen nicht bemerken, wie schrecklich diese sind: Der Zeitgeist und der Autor sollten eine Fernbeziehung führen.

---

[2] Zweig, Stefan: Kleine Chronik, Drei Erzählungen. Insel-Bücherei Nr. 408, Insel Verlag 1951. S. 82.
3 Percy, W.: amerikanischer Schriftsteller, 1916-1990

Er legt eben nicht grenzaufgebend seine unbefangenen Meinungen, sondern vor allem als Beschwörungskünstler die Erwartungshaltung seiner Rezipienten in das Geschriebene hinein: „Wer bin ich, wenn ich bin, was ich habe, und dann verliere, was ich habe", möchten die Protagonisten der folgenden Seiten mit Erich Fromm fragen: Jeder muss zu seiner Bestimmung, zu seiner Wahrheit geführt werden.

Am Ende, im Schließfach der Pathologie angelangt, hat jeder seine Biographie: Mit einem allerdings tatsächlich notwendigen Quentchen Glück und Demut pervertiert diese nicht, geht nicht vor die Hunde, sondern gelingt mehr oder minder ...

Scheiße am Schuh

1

Die Beifahrertür klappte: Peter Kriener wollte am heutigen Mittwoch die für ordnungsgemäße Mülltrennung in bundesdeutschen Haushalten der 2020er Jahren bitternötige gelbe Folien-Tüten im Rathaus bei der Ausgabestelle im Bürgerservice holen. „Nur eine Rolle pro Haushalt" kündete ein handgeschriebenes Pappschild oberhalb einer Holzkiste im Foyer. Peter, obwohl er rechtlich als ein Haushalt firmierte, schnappte sich fünf Rollen und brachte diese zur seiner mürrisch im Auto wartenden Freundin Mirna. Wieso war sie in letzter Zeit eigentlich so komisch?

Im raschen Vorübergehen sah er einen alten Charakterkopf-Mann. Der könnte in seiner leicht albernen Diktatoren-Markantheit auch auf einem litauischen oder rumänischen Geldschein abgebildet sein, dachte er belustigt. Du kennst den doch, du kennst ihn, sagte P. zu sich selbst. Sei nicht so unhöflich, so teilunangenehm dir auch ein Erinnern an diese Zeit sei!

Es war der sehr, sehr gealterte Vater seines Schulfreund-Feindes Jasper Watteck. Er, der Alte, kannte Peter noch blutjung: Jasper kam in der sechsten oder siebenten Klasse in die Schulklasse von Peter: Seine Eltern zogen von einer fernen Bezirksstadt nach Greuda. Was sich rasch als tuschelnde Flüsterfama in der Schule „POS-Fritz Schmenkel" verbreitete: Der Vati von Jasper Watteck, Herr Gerhard Watteck nämlich, war weiland Leiter der Kreisdienststelle des MfS, seine Mami frische Verkäuferin in einem der zwei Intershop-Läden Greudas.

Deren fröhlich-blonden Sohn Jasper focht das indes nicht im Geringsten an, dieser war ein reger und intelligenter, frühreifer Teenager mit für sein Alter erstaunlichem Zynismus und dem exotisch-dänischen Vornamen. Peter war wirklich froh, ihn zum Freund zu haben.

Alles dies war durchaus entsetzlich lange her ... Mehr als drei Jahrzehnte trennten alle vom einstigen Zeit-Horizont. Er gewahrte des Alten sofort und grüßte den noch immer achtungsgebietenden Mann mit fast militärischer Attitüde. „Du bist doch der Peter?" sprach der alte Watteck, schaute jovial und Peter duzte ihn gleichfalls. „Und klar, du bist der Herr Watteck ... Was macht Jasper?"

Die Jungen Peter und Jasper nun verloren sich nach Beendigung der Schule sofort aus den Augen, zu unterschiedlich waren die Interessen- und Lebensart-

Gemengelagen dieser beiden Menschen: Jasper nun sah als Teenager umwerfend aus, die blondlockigen 80er-Jahre-Vorstadt-Schulmädchen-Schönheiten der Parallelklasse klebten geradezu am Jasperlein, ohne dass der merkwürdig alt und betulich wirkende Schüler Peter, welcher damals optisch noch zu allem Überfluss mit lächerlichem Überbiss ausgestattet war, einer waschechten Prognathie übrigens, von der Lebhaftigkeit seines Schulfreundes in irgend einer teilhabenden Art und Weise partizipieren konnte.

„Oh, Jasper lebt jetzt in Berlin, ist immer noch Klempner." Jetzt wurde der Alte triumphierend: „Aber als sehr gut bezahlter! Er ist Hausmeister im „Karl-Liebknecht-Haus" der Linken und hat sich ein Häuschen in Rahnsdorf gekauft."

Peter kannte Rahnsdorf. Peter kannte aber auch Jasper Watteck und seinen ihm seit gemeinsamer Schulzeit bekannten Opportunismus ... Der jungsche Watteck schien wirklich nur Glück und keine Biographie zu besitzen. Würde Kriener mit ihm tauschen wollen? Als Teenager ja, nicht mehr allerdings als alternder Mann, dessen glänzende Zukunft hinter ihm lag: Oft erinnerte er sich des Oskar-Wilde-Bonmots und kicherte dabei in sich hinein.

Er nun war viel zu sensibel und aufmerksam, um nicht zu wissen, dass auch Jasper sich über ihn in seiner

Abwesenheit recht lustig machte und seinen lebensfrohen und beweglichen, disco-rauen Freundeskreis dem stillen und vertrieft-nachdenklichen Überbiss-Kriener bei weitem vorzog.

Das alles war jetzt Lichtjahre her … Diese Ereignisse müssen sich noch in der Neandertaler- oder Denisovaner-Zeit abgespielt haben. Peter konnte jetzt den Alten wirklich mit Befriedigung grüßen. Er hatte alles nachholen können: Seine ganze, tief verdruckste Kindheit und Jugend konnte er wirklich durch die vielen Jahren eigener, praller Lebenserfülltheit, gleich einem abgelebten Kokon, einen unpassenden, plumpen Schildkrötenpanzer hinter sich lassen.

2

Er erwachte kopfschüttelnd und leicht schweißklebrig aus einem realistisch-unrealistischen Traum: Er hatte einen Vogel! Doch ich greife dem Trauminhalt des Protagonisten unserer Erzählung unzulässig vor ...

Nun gleich zum Traumgeschehen: Eine verwirrende Konferenz oder Meeting (auch so eine herzig-neudeutsche Bezeichnung!), welche Kriener in Begleitung seiner doch bereits vor vier Jahren verstorbenen Mutter absolvierte, war trotz der Anwesenheit vieler, eifrig Wurstbrote essender Facebook-Freunde (darunter sein lokaler Lieblingsfeind Matthes Amrell-Löbel mit dem lächerlichen Bart des zweiten Wilhelm) so derart langweilig und enervierend, dass Peter wie in Trance hinaus in den milden und warmen Spätsommerabend trat.

Einen Mauerdurchbruch durchschreitend (klar, er war vor Tagen auf einem Dorffriedhof mit zerstörter steinerner Umgrenzung), befand er sich auf einer trockenen, seit Jahren nicht gemähten mannshohen Wiese unter gelbem Himmel. Sein Blick fiel nach links, und sofort sah er den sehr dünnen, grauen und alten Pfau, welcher auf irgendeinem hohen Grasbusch-Gesträuch saß.

Dass es ein Pfauenmännchen war, erkannte er an der fein bebommelten Federkrone auf dem wirklich mitleid-erheischenden Greisen-Köpflein des müden Tieres.

Er hob den zutraulichen, sehr matten Vogel vom Busch und nahm ihn in die Arme. Der müde alte Pfau legte seinen Kopf und langen Hals über Peters schmale Schulter.

Er spürte die Körperwärme des Vogels. Eine ungeheuerliche, elementare Traurigkeit und enorme Vergänglichkeitsahnung flutete ihm wuchtig und seiend im Traume an.

Beide, Vogel und Mensch, begannen jetzt völlig ungeniert und heftig zu weinen. Er nahm das schwache Tier mit in den Konferenzraum, welcher eher einem Schulzimmer glich, und das mehr als hühnergroße Vogeltier kroch listig unter Peters grauen, zu weiten Schlabberpullover.

Wieder angekommen im Raume der Konferenz, Krieners einstigem Schulspeisungssaal der Polytechnischen Oberschule der Deutsch-Sowjetischen-Freundschaft im grauen Greuda-Ost ähnelnd, wurden durch die Teilnehmer der Veranstaltung barocke Schreittänze durchgeführt. Auch Peter Kriener reihte sich in diese Bewegungen ein, zu denen jedoch weder Westernmusik noch

Barockmenuett gespielt wurde. Er konnte sich tatsächlich nicht daran erinnern, was nun eigentlich für Weisen gespielt wurde ... oder hörte er nur Schaben und Klappern des Schuhwerkes und das Rauschen der Bewegungen? Wurde gar keine Musik gespielt?

Der kranke und wohl dadurch sehr anhängliche, greise Vogel befand sich jetzt aber nicht unter dem Pullover, sondern wieder auf dem linken Unterarm unseres Protagonisten. So begegneten nun Kriener und sein Vogel während der schreitenden Tanzbewegung der bestürzend schlichten, alten und latent sehr bösartigen, störrischen Mutter seines Studienfreundes Smilo, die ihn, Peter Kriener, sofort wegen des Tieres unverhältnismäßig anzuschreien begann. Die sehr dürre, agile Greisin schrie: „Das Verreckertier! Es stirbt ohnehin bald! Das Vieh hat Flöhe! Flöööööhe!!!! So'n Vogel stirbt!"

Sie hieb ganz kräftig und urplötzlich mit dem rechten Arm und Hand auf das geschwächte Tier ein, welches durch die heftige Wucht eines einzelnen Schlages von Peters Arm in eine Ecke des Raumes geschleudert wurde und sich bekümmert krümmend rasch verkleinerte. Hier nun wachte er herzklopfend, wutig und schweißnass auf.

3

Reden wir indes über das, was Peti auch konnte, aber keiner wusste: reden wir kurz über sein wirklich überragendes Sonderkönnen – wenn man es gewusst hätte, hätte man es indes nicht unbedingt gemocht: Weder ihn noch sein vorgebliches Spezialkönnen: Er konnte beim Furzen Bärenstimmen nachmachen.

Er blickte aus dem fahrenden Auto und sah einen kleinen, vermuckerten Jungen im späten Kindergartenalter, mit der einen Hand seinen Roller, mit der anderen einen quittengelben Stoffteddy – wohl eine globale Massenfertigung – haltend, dessen linkes, dünnes Schlenkerärmchen merkwürdig schief über den Rollerlenker hing. War er das? War er das in einer fernen Vergangenheit, die sich mit der heutigen Gegenwart in diesem Bilde seltsam vermengte?

Peter dachte resigniert an sich selbst und seinen eigenen, geradezu noch handwerklichen Plüschtier-Teddy aus den 1970er Jahren, der heute auf einem seiner vollgeräumten und wackeligen hochbeinigen alten Sofas thronte. Und erinnerte sich plötzlich ohne Zusammenhang an die verdrängte Abschlussfeier der 10. Klasse seiner DDR-Schule:

Die Schüler wurden damals auf die Bühne eines staubigen Stadtrand-Kulturhauses im Zuckerbäckerstil gerufen, während für jeden das Abschlussprädikat laut bei der Überreichung eines dünnen, braunkunstledergebundenen Notenmäppchens und einer gelben Rose geplärrt wurde. Es war nicht für jeden erbaulich ... Peti trug bei seinem kurzen Bühnenauftritt eine trotz ihrer Neuwertigkeit schrecklich popelnde „Rundstrickhose" mit dezentem Schlag im Stil der endigenden 1970er und eine vernehmlich streng nach Kunststoff und Phenolen riechende Lederol-Jacke. Ein ockerfarbenes Plastikimitat! Auf dem Schild im miefigen Greudaer Vorstadt-Konfektionsladen „Westend" stand in Ermanglung sonstiger lasziver Internationalität „Safarifarben". Das aber bildete noch nicht den üblen Erinnerungswert des Abends! Übrigens noch lange nicht! Übel, denn Peter Kriener sollte sich daran sehr erinnern. Sehr sogar!

Alle Schüler waren in Begleitung ihrer Eltern erschienen, welche festlich-affig herausgeputzt an nummerierten Tischen im großen Saal des HO - Hotel „Streitwald", bis zum zweitem Kriege Greudas erstes Haus, im Parterre und auf den umlaufenden Galerien Platz nahmen.

Nach einem langen Programm und langatmigen, polit-rotlichtgeschwängerten[4] Reden gab es ein aufwendigeres Gaststättenabendbrot (oder war es ein kaltes Buffet?). Danach „Tanzvergnügen", ein Mischmasch von braven DDR-Tanzschlagern und ambitioniert-lauter Metal-Discomusik.

An der mittels bunten Riffelglas-Lämpchen beleuchteten Bar wurden leichtere alkoholische Getränke auch an die anwesenden „Nichtmehrschüler" ausgegeben. Kriener, der nun damals nun noch gar nichts vertrug – übrigens nicht das Geringste! – nahm im Übermaß Zigaretten, Weinschorle und Bier von seinem grinsenden Schulfreund Watteck entgegen ...

---

[4] Rotlichtbestrahlung: In der DDR flapsige Ausdrucksform für sozialistische Propaganda.

4

Der sensible, aber indes irgendwie unfähige Kriener führte in der zweiten Hälfte der 1980er Jahre zum großen Entsetzen seiner Eltern und des wesentlich älteren Bruders, beschützt von geheimer Gottheit, ein der DDR-nicht-Norm entsprechendes Leben. Ob es Alternativen gab, die er hatte oder nicht hatte, ob es sie überhaupt gegeben hatte, werden wir, die Leser und gleichsam Peter Kriener, nie in Erfahrung bringen.

Er war nun nämlich mit einem Kränzchen uralter Damen befreundet, deren Vorgärten und gesprächshungrige Seelen Kriener pflegte und als Belohnung den Inhalt von satten, dicken Omi-Westpaketen, begehrtem Kaffee, leckeren Sarotti-Schokoladen und wundervoll würzigen Ernte-23-Zigaretten bekam.

Drei Greisinnen indes stachen nun aus der Schar der harmlosen Alten heraus: Das war zum einen die agile Hilde Tetta (89), Schwiegertochter des stadtbekannten Süßwarenfabrikanten F. Godofried Tetta, der die Gröbitz-Zucker-Werke im Osten der Stadt besaß und die sehr betagte Witwe des Opernsängers Heldreich Mundt, Engla Mundt. Letztere wohnte in einer efeuumrankten Villa im einst vornehmen, im endigenden letzten 1980er-DDR-Jahrzehnt putz-bröckelnden und verwahrlost scheinenden

Villenviertel der grauen Stadt Greuda im einstigen „Knittelholz". Und Agatha von Stoppel, die vornehme Omi mit ihrem ständig getragenen albernen Hut und Schleier in Zimmer 51, mit der er fast jede Woche kurz Karten spielte.

„Greude", wie die Stadt im mitteldeutschen Idiom von ihren fabrikgrauen Bewohnern in einer Mischung zwischen Verächtlichkeit, Gewohnheit und Hassliebe genannt wird und wurde, war einst für einen kurzen Lidschlag barocke Residenz eines unbedeutenden Sekundogenitur-Herzogtums, danach ein Zentrum mitteldeutsch-sächsischen Industrie-Geschicks! War es indes auch noch zu DDR-Zeiten, als die Webereien mit klappernden und ratternden Webstühlen inmitten sehr unansehnlicher Fabrikbauten Stoffe für den Export in die Sowjetunion und in Länder des NSW[5] im Dreischichtsystem produzierten und dabei, vom längst schon eingemeindeten Dorf Gröbitz in die Stadt wehend, ein fad-süßlicher Geruch von gekochten Rüben der großen Zucker-Raffinerie über den hohläugigen, zum Ikarus-Bus eilenden Schichtarbeiterinnen waberte, der sich mit dem seifigen Wrasen einer nahen Shampoo-Bude zu schlichtem, gemütsergreifenden Geruch von Gekotztem vermengte ... „Das muchtet hier aber",

---

[5] NSW: „Nichtsozialistischer Wirtschaftsfaktor, der „Westen"

sagten die Geudaer in ihrer verschlampt anmutenden anhaltinisch-sächsischen Sprachfärbung ...

Über allem aber stand die abgefegt wirkende, grünspanpatinierte Kuppel des einstigen Schlosses der Herzöge, welches im 19. Jahrhundert durch ein „Pensionär-Correktionär-Institut", einer Erziehungsanstalt für junge Männer „aus besserem Stande" und durch das dort ebenfalls untergebrachte Landeshospital, Landessiechenhaus und späterhin als „Klapse" heruntergewirtschaftet wurde.

5

Es war Masochismus und verbissene, stumme Wut des Peter Kriener, der ihn diesen Job suchen ließ. Er schien sich damit selbst bestrafen zu wollen: Bewerbungen als Lehrer-Seiteneinsteiger in Zwickau und dem nahen Jena scheiterten, eine als Kulturamtsleiter in Köthen war durch völlige soziale Beziehungslosigkeit und Maßlosigkeit vorher zum Misserfolg und Scheitern verurteilt – außerdem galt er wohl irgendwie in einer amtlichen Notiz als notorischer Dissident. Zumindest in seiner eitlen Einbildung, wo er die sicher teilverschuldete Halb-Erfolglosigkeit des eigenen Lebens-Lebchens irgendwie mit dem Großen und Ganzen, der Überwucht des gesellschaftlichen Sternenhimmels rechtfertigen musste.

Halbherziger Dissident in einer Zeit, welche der misstrauischen Atmosphäre der Karlsbader Beschlüsse von 1825 ähnelte; wo ein Verdacht genügte, um gesellschaftlich und beruflich stigmatisiert zu werden, wo gesellschaftlicher und beruflicher Zugang zu den moralisch gehobenen Kreisen behindert wurde: Aber jeder, auch der heutige Geschichts-verlauf, hat doch sowieso die Eigenschaft, dass man ihn mittels einer unbestimmten, selbstverliebten Empfindung mit einem früheren aus beschönigender Selbstlüge identifiziert. Bei unserem Peter war das nun die Zeit der Mitte des 19. Jahrhunderts, in der er sich geistig-optisch-hyggelig einrichtete. Wünsche nach Auflösung, Neuordnung und Umkrempelung seines Kleinst-Universums hatte er jedoch kaum ...

6

Ich werde sie verlieren, ich habe sie verloren, dachte Peter, so wie ich bislang letztlich alle verloren habe. Und: Immer beendet die Frau die Beziehung zum Manne, wenn das rasche Verfallsdatum ihrer liebenden Zuneigung erreicht ist und ihr das Leben nicht mehr als Leben zu reichen scheint ... Zusammenleben ist wohl Herausforderung, weniger Sichtreibenlassen ... oder doch eher ein risikoreiches „dem Feuer aussetzen"?

Zerbrich dir deine Flügel. Du scheinst nur ein verpfuschter Beziehungs-Ikarus, der im sozial-wachsgekitteten, emotionalen Alltagsflug die angeklebten Federn verliert ...

„Was dachtest du, was ich tue? Mirna???" Er dachte allerdings boshaft ihren Spitznamen Miefka mit. „Was dachtest du, was ich mache? Mich umbringen? Teller schmeißen? Herumschreien? Auf Knien vor dir rumrutschen?" Jetzt ernsthaft böse werdend:

„Da muss ich eben wieder in mein Kissen bumsen, Du irrlichternde Höllenmaschine!!" Mirna nun, in ihrer undankbaren Leichtigkeit, sachlich und immer leichthin antwortend: „Ich weiß es nicht, ich kenne dich nicht." Sie sagte, ihn treffen wollend: „Ich kenne nur dein Mittelmaß, darin bist du immer Hochform. Vor allem:

Du redest gerade Dunst und du bist allerdings nicht der Käse der Welt. Wirklich nicht!" und schaute nun Peter mit ihren zusammengekniffenen Katzen-Augen an. Oh! Wirkliche Wut war im Anmarsch. Bei beiden! „Ich, ich, ich! Immer nur Kommunikation in Ich-Erzählungs-Form. Blödsinn! Höherer Blödsinn! Ich, ich! Kennst mich nicht! So ein Stuss! Menschen bleiben in ihren Mustern – was ich bis dato nich gemacht ha."

Peter verfiel bei eigenen, heftigeren und emotionaleren Wut-Ausbruch-Aussagen immer sehr in seinen mitteldeutschen Heimatdialekt, welcher seine Glaubwürdigkeit jedoch ernsthaft einschränkt. Das werde ich auch dann nicht machen, dachte er. Wir verbleiben in Mustern. Wir verbleiben in Schienen ... so wie die sich durch Dauergebrauch eingetieften Furchen in diesen antiken Römerstraßen, wo dann die Karren nicht mehr heraushuppen können.

Er dachte auch: Hast du dich statt im Wesentlichen in relativen, spießbürgerlichen, unsere Trägheit rechtfertigenden Kleinlichkeiten aufgehalten? Vielleicht erweckte ich in ihr auch unrealistische Erwartungen ...

Gut, dachte er selbstbefriedigt, selbst in Rage befindlich, bleibste noch philosophisch, eitel, sinnierte er weiter: Man sollte bei einem

Beziehungsende schlussendlich und eigentlich mehr sagen, als man denkt …

Jetzt ist ja die konsequenzenfreie Möglichkeit des Sagens da … da das Kind unrettbar in den Brunnen gefallen: Beziehungskind in den Brunnen geplumpst … Faites vos jeux … Er dachte ernsthaft diese Phrase der Groupiers im fairsten Glücksspiel der Welt … neben der Liebe … in der Liebe musste oooch deinen Einsatz machen und kannst stantepede verlieren und verfehlen, aber eben nur „Du", nur das einzelne Ich, welches in Liebesdingen so hilflos unterwegs, wie es in einem sehr entfernten, dunklen und unbekannten nächtlichen Ausland scheint.

Das so genannte „Madame-Bovary-Syndrom", unter dem auch Mirna zu leiden schien: Unablässiges Streben nach dem Traummann! Enttäuscht das Resultat, nimmt das Unglück seinen Lauf: Die Frau, irgendwann mählich unzufrieden, wird Nichtigkeiten problematisieren und begräbt ihr positives Gefühl für den Mann. Sie ändert die Realität und relativiert nicht ihre Vorstellung: Wenn der Andere, der Nebenmensch zum Problem geworden ist, scheint ihr, lässt sich das nur durch Aktivierung von Abwertungsressourcen und rasche Trennung lösen!

Macht sie das „viele paarmal", wird der Partner zur Austauschware … Die Frau ist nicht mehr in der Lage, den einzelnen, individuellen Mann als etwas Einzigartiges und Unveränderbares zu empfinden.

Der Goldstandard des Einzelerlebens, des Beginnenden, wird aufgelöst: Zuviel das Prinzip Mann gehabt zu haben, bedeutet seine Austauschbarkeit zu verinnerlichen – da wird jeder gleich und identisch ... das Geheimnis des Individuellen, Einzigartigen geht durch dauernden Wechsel verloren ... Kriener schüttelte sich! Sein Gesicht wurde kalt und böse.

Es ist doch alles Mumpitz! „Hörig bin ich nur mir selbst. Keiner Weltanschauung, keiner Person. Allein mir selbst!"

Hatte Mirna etwa gedacht, dass er vor ihr auf den Boden kroch? Wie wenig sie ihn kannte ... Aber auch: wie wenig er sie kannte! Kam der plötzliche Bruch ihrerseits nicht so recht von ihm völlig unerwartet?

Aber sagte sie nicht von Anfang an, dass sie sich nur als Partner in einer temporären Zweckgemeinschaft versteht? Immer ihre Sehnsucht nach dem ganz anderen ... Mirna zischte in sein Nachdenken hinein: „Ihr Männer seid alle unheilbar krank!!!"

Hä? Hatte sie etwa Ingeborg Bachmann gelesen? Das nun sähe ihr nicht ähnlich. Miefka! Miefka, dachte er hässlich.

Obwohl es ein völlig ur-blödsinniger Spitzname für sie war! Weder miefte, muchtete noch roch sie nach irgendetwas anderem als nach ihrem ewigen süß-herben Patschuli-Duft oder dem lieblichen Sanso-Schäfchen-Weichspüler der Westwerbung. Ein letztlich nur negativ treffendes, durchaus sinnloses Bezeichnen: Peter Kriener nannten nun alle während seiner Armeezeit verächtlich Brotbüchse oder Adolfo! Genauso sinnlos! Was hatte er, Peter, bitteschön mit einer Brotbüchse oder diesem Adolf geneinsam? Völlig unsinnig! Natürlich nutzte er gedanklich den Anti-Kosenamen für Mirna neuerdings recht eifrig, ohne ihn jedoch auszusprechen ...

Wie stand es aber nun um die Selbstreferenzialität von Peter Kriener? Reizte dieselbe nicht auch in ihrer schlichten Unterausprägung zum mitleidsvollen Umgebungs-Lachen? Verstellte und versperrte nicht auch sein Ego die ganze, reale Sicht?

Ein Foucault'sches Pendel[6] besaß indes auch er nicht, einen Maßstab seiner eigenen Unzulänglichkeiten, ein probates Mess-Mittel, ein Gerät, das seine Mangel-Eigenschaften bemessen konnte ... Er wusste: Dieses funkenhafte, eigentlich unmögliche Eigen-Erkennen

---

[6] Foucault, Leon: französischer Physiker, führte 1851 einen Versuch mit einem zwei Meter langen Pendel durch, welches er dicht über dem Boden schwingen ließ und damit die Erdrotation nachweisen konnte.

fremder Wahrnehmung blitzt nur durch ganz feine, dünne Spalten der Selbstwahrnehmung.

Zumeist dann, wenn man nicht damit rechnet oder es nicht mit Avec darauf anlegt.

Der Blick nach innen, diese Probe auf den Feingehalt von Seele und Geist, funktioniert in der Mehrzahl der Versuche nicht – keiner kann Buch und Leser, Objekt und Subjekt zugleich sein. Und auf logische Beweise seiner Unfähigkeit, welche Mirna vorbrachte, gab er wenig: waren diese doch nur fast unverschlüsselte Variationen ihrer Miefka-Meinungen ...

Der Spruch „Wege führen zusammen und wieder auseinander" ist ungemein nichttröstend! Peter bedauerte es bereits zur Stunde, nicht mehr Frauenunterwäsche auf seiner Gartenleine zu haben ... Er war entwertet ... wie eine Fahrkarte oder Kino-Billett ... Eingerissen, durchlocht ... schlicht ungültig gemacht. Natürlich musste er sich irgendwo ausheulen und geriet an den Falschen: Den Worten seines alternden Junggesellen-Freundes Smilo Berve, „am besten meinen es doch unsere Muttis mit uns", entgegnete er wutig fauchend: „Du redest gerade Dunst".

Kriener pflegte sich nun tatsächlich aus Faulheit und Selbstschutz eher unter- als zu überschätzen. „Dummheit schafft Freizeit" war sein geflügeltes Wort geworden und zum Missfallen seiner Vorgesetzten viel zu laut geäußerter Satz von ihm während seiner Armee-Zeit. Unser Schöngeist, ne Leicht-Meise habend, stapelte tief: „Ich bin plemplem: Mein Reifen hat kein Profil, er hat ne Glatze ..."

7

Er biss sich auf die Lippen. Doof, überhaupt gefragt zu haben: „Nee, das ist der, den wir bei den Fundleichen nehmen!" Das Objekt der Frage war ein stromlinienförmiges, albern weinrot und goldglänzend lackiertes Objekt, welches aussah, wie die moderne Dachbox eines Autos und auf einem übergroßem Wandregal thronte. Der es fragte, war Peter, die Beantwortende im nasalen Belehrton war die dicke Bettina Lerkenfeldt. Sie war die Inhaberin der Lerkenfeldt-Bestattungen GmbH.

Verstehen es die Toten alt zu sein? dachte er bei sich, als er die Ersten sah: Sie lagen sehr bleich, mitleidslos und blutleer-spitznäsig da, wie völlig stumme, vom Leben beantwortete und bereits uninteressant gewordene Fragen: „Ich und Du! Altern macht gewisslich nicht unbedingt weise. Und dann die Gegenwart! Das ist es!

Diese gewaltige, sich sekündlich verändernde Göttin hat keine Wirkung mehr auf sie! Die Macht der Gegenwart ist machtlos. Beendigtes Fatum! Alles, was es an Verhängnis, Schicksal und Geschick geben konnte, war für diese und alle Zeiten vorbei, das macht sie so fremd, körperlos, so nicht mehr zu uns gehörig." So geschwollen schien und war das Denken unseres Peter Kriener.

Der unscheinbare, kohlenkellerhafte Ausgang des Kreis-Krankenhauses der Nachbarstadt Bad Golben mit baustellenhaft-provisorisch anmutender, grauer Primitiv-Blechtür und der sachlichen Einfahrt einer Tiefgarage: Dahinter ein Raum mit großen quadratischen Blechtüren an einer Wand. Tür-Entriegelungen wie ein alter Kühlschrank aus den 1960ern habend …

Die schlimmen Quadrattüren aus Blech waren ganz leicht verbeult. Von welchem sich wiederholenden Vorgange diese Minibeulen stammen, sollte er gleich erfahren und erhören: Rumms, krachte leise der einstmals nickelblitzende Schub-Wagen dagegen. Darinnen, im Schließfach: Vollzogenes menschliches Dasein. Draußen ging es weiter, das pralle Leben. Die in den Schließfächern, mit dem Namenszetteln am großen Zeh als letzte Hilfe, lagen so wächsern und kalt, als wären sie nie dabei gewesen.

„Einst, oh Wunder … blüht auf meinem Grabe eine Blume der Asche meines Herzens (…)" Er hörte plötzlich in seinem Kopf ein Kunstlied von Beethoven … So ein Schatz, so ein Schatz für mein limbisches System, dachte Peter berauscht. Er musste sich von dieser beklemmenden Umgebung mittels Kopfkinos wegbeamen: Der optische Gegensatz zur Klinikrezeption, die eher einer Hotel-Lobby ähnelte, zu diesem Totenkeller konnte größer nicht sein.

Und doch sind wir alle, die kurzen Augenblicke unseres Daseins schlecht gelebt und genutzt, elend und einsam diesem Keller versprochen. „O gar zu kurze Zeit! O gar zu schweres Reisen!"[7]

Irgendwann entziehen wir uns alle dem Gängigen, Aktuellen, Veränderbaren und liegen in diesem kalten, postmortalen Bahnhofsschließfach, dachte Peter ...

Er dachte auch Sekundenbruchteile an einen Liederabend, den er vor knapp vierzig Jahren während seiner Armeezeit in Greiz besuchte: Der nun schien ihm damals noch rein grauenhaft. Aber da war er knapp neunzehn Jahre ... Neunzehn! Das war damals im Erdgeschoss des Neuen Palais in Greiz ...

---

[7] v. Canitz, Friedrich Rudolph Ludwig (1654-1699): barocker Schriftsteller und Diplomat.

8

Der Pfarrer in der Begräbnispredigt für eine knapp Hundertjährige, salbungsvoll: „Und als dahhhnnn der Wagen mit dem Sarg laaangsam und gemessen davonfuhr (…)":

„Ha!", raunte tief befriedigt Frau B. Lerkenfeldt, die quadratische Inhaberin des Bestattungsunternehmens Lerkenfeldt GmbH, welche sich vertraulich neben Peter setzte, mit ihrer rauen Stimme flüsterleise, kaum hörbar: „Ha! Das macht uns keiner nach! Am wenigsten unsere Konkurrenz!" Sie zischte fast vor Freude, weil sie natürlich nicht die salbadernde Wortfülle des Kuttenträgers stören wollte …

Der Pfarrer in seiner Beerdigungsrede: „Hoffnung auf den lebendigen Gott …" „Harmonische Illusionen", dachte er resigniert und gähnte, indem er sich seine zu feminin wirkende Hand vor den Mund hielt, „da müsste doch jeder Regenwurm nach seinem müden Ende am jüngsten Tag nach oben abpfeifen". Das wiederum zu glauben, fiel ihm wirklich sehr schwer.

Die Kiste wurde jetzt aus der kleinen Kirche ins Freie getragen: Der untersetzte, rotgesichtige Queis ging mit seinem dicken Bauch und Jochen, dem unscheinbaren Sohn der Inhaberin, am vorderen Ende des Sarges; Peter und ein stiller, autistisch wirkender, grauer Mensch mit dem Gesicht eines Fotzeks am Ende der beeindruckenden Kiste. An der offenen Grube angekommen, deren Aushub distinguiert mit grünem Tuch und Tannenreisig verhüllt war, nahmen die Träger auf den metallenen Laufrosten Stellung, mit denen das offene Grab umrahmt war. Zwischen deren Beinen lagen nun die dicken Schiffstaue, mittels derer dieser große und schwere Sarg in die stoff-ausgeschlagene, überraschend tiefe Grube abgefiert werden sollte. Plötzlich vibrierte der Metall-Laufrost, auf auch Kriener leicht breitbeinig und unsicher stand.

Allerdings konnte er dazu ein Gesicht wie die Schweizergarde des Vatikans in Fernsehaufnahmen schneiden: Hinter gleichgültig-ausdrucksloser Grimasse Unsicherheit verbergend.

Peters Blick fiel auf den Pfarrer, als wäre der die Ursache der Schwingung, dann auf sein stilles, gleichgültiges Gegenüber, sodann streifte seine Aufmerksamkeit die Kiste, welche noch, gehalten durch zwei dachlattenartige Holzstücke, deren Enden auf dem Lauf-Rost lagen, über dem Loch schwebte. Jetzt hatte er die Ursache: Der dicke, rotgesichtige Queis schlotterte stark und übertrug dies auf die Grab-Umrandung: Er hüpfte, wie unter Schock stehend, richtig auf und ab und brachte den Laufrost zum Schwingen.

„Ich kann das nicht, ich kann das nicht", murmelte er schwitzend und vernehmlich vor sich hin und sandte einen Mitleidsblick an alle. Die sehr stämmige Brigitte Lerkenfeldt, Inhaberin der Lerkenfeldt-Bestattungs-GmbH, schnitt sehr kurz ein verärgertes Gesicht, schubste den unterschichtigen Dicken unauffällig weg und stand nun statt seiner am Grabesrand, das dicke Seil hilflos in ihren rosa Patschpfötchen haltend.

Auf das verabredete Kopfnicken des Pfarrers hin glitt die beeindruckende Kiste in die Tiefe. Im Hinunterlassen schien diese immer leichter zu werden.

„Pfffhhh", meinte die Lerkenfeldt mit ihrer wirklich albernen Boutonnier-Knopflochblume am Revers Minuten später erleichtert zu Albert, dem schwitzenden Queis einen bösen Seitenblick zuwerfend: „In meinen dreißig Jahren war das mein erstes Sargrunterlassen! Meine Mutter selig hätte gesagt, man kann alt werden, wie ne Kuh und lernt immer noch was dazu!"

„Nun", meinte Frank sachlich, „es war auch für mich neu."

„Für mich auch", meinte, sich kurz räuspernd jetzt lächelnd der Stille, Graue mit dem Gesicht eines Fotzeks.

Das war er indes nicht, wie sein selbstkritisch-ehrliches Bemerken zu Tage förderte. Die Lerkenfeldt nun mit ihrer dunklen Knopflochblume am maskulin wirkenden Jackett riss schreckhaft ihre Augen auf: „Ogottogott! Da waren wir ja alles Neulinge und Greenhörner."

9

Gedankenverloren und noch bei der albern-weißen Boutonniere der stimmrauen Begräbnisdicken steuerte er nach diesem Erleben sein angejahrtes Auto zur Tankstelle, wollte in die Wagenwäsche fahren: Seine Kiste sah aus wie ne Salzstange.

Ein nicht mehr ganz junger Mann, gewandet in eine graue Jogginghose und einem Kapuzenpullover steigt hinter ihm aus einem weinroten PKW: „Ey! Das is jetzt nich dei Ernst. Da könntste fei Scheiße brüll'n!" Das sagte er vernehmbar laut und bereits aggressiv.

In der Halbdrehung erkannte Peter die Graf-Porno-Physiognomie des britischen Rockmusikers Lemmy mit seiner ewigen polarisierenden NS-Schirmmütze auf der Rückenseite des schwarzen Hoodies. Hoodie! So wurde beschönigend dieses kaum kleidsame Allerwelts-Kleidungsstück des späten Normalo-Homo BRDensis genannt!

„Ey, stell dich hinter mich an!" *Mir*, nicht mich, korrigierte Peter, kaum begreifend, weswegen er angepflaumt wurde.

„Das ist mir ja aber lange nicht passiert! Das is ja jetzt garnich erfreulich …", murmelte er.

Der emotionsgeladene Jogging- und Kapuzen-jackenmann nun (böse, ausgeruht und mit erheblichen Bellizismus-Genen versehen) steuerte sein jetzt auch nicht gerade überragendes Auto genau knapp hinter seiner Klapperkiste, welches bereits resigniert in der Waschgarage zwischen den Bürsten mit ihren traurig nach unten hängenden blauen Riesen-Fransen stand.

„Ey Alter, ich bin vorher dran, fahr gefälligst raus! Du hast mir schon eben vorhin die Vorfahrt genommen gehabt!", zischte der Hoodiemann aggressiv.

Nicht „genommen gehabt", korrigierte er wieder, stumm bleibend! „Genommen" ist ja bereits Vergangenheitsform, wozu diese Doppelung oder dümmliche Verstärkung ... er erinnerte sich sehr schwach an die Minuten der zurückliegenden Szene.

Sein innerer Detektor witterte Unrecht.

„Haben Sie bereits eine Waschkarte erworben?"

„Ja!!!"

„Da mag es dann sein, dass Sie im Recht sind", sagte Peter stolz und mehr zu sich selbst als zu dem schlabberigen Jogging- und Hoodie-Mann. Er sagte noch leiser

„Du Normie-Hoodie-Hupe bist es nicht wert, dass man dir widerspricht und stieg in seine nun salzig bleibende Kiste, um wutentbrannt und verblüfft davon zu fahren ... Natürlich stellte er sich nicht hinter diesem Menschen an, er fuhr zerknirscht, schwer beleidigt und rasch zu seiner Bruche.

Sein Selbstwert bekam durch solche Ereignisse immer für Stunden ne sehr gewaltige Schramme. Die Reaktion dieses Menschen dünkte ihn falsch: Zu dolle ist auch immer zu dolle falsch. Er wusste genau: Für heute nun wirst du an nichts anderes denken können und suchte nach Varianten, nach Verhaltens-alternativen, wie er diese belanglose und ihn doch sehr ärgernde Situation weniger urban-heulsusenhaft und stattdessen mehr viril-überlegen hätte lösen können ...

Konfliktscheu sein: friedlich und sanftmütig ... Er ärgerte sich Tage, problematisch für seine Seele. Einerseits hinderte ihn diese Eigenschaft, für seine Bedürfnisse einzustehen, andererseits war das Ablehnen von Kampf und Streit ein Ergebnis seiner Entwicklung.

10

Der sehr harmoniesüchtige Peter Kriener inmitten seiner mit Bücherregalen und Büchern vollgestellten winzigen Altbauwohnung: Da er seit Jugend-Beginn auf den zahlreichen Müllhaufen vor Häusern suchend jedes, aber auch jedes Buch barg – Ausnahmen bildeten Werke über Zimmerpflanzen, Heimwerken, Theologie oder Kommunismus: diese ihn durchaus nicht bezaubernden, da herzensfremden Inhalte blieben unbarmherzig auf den Sperrmüllhaufen – wuchs und wuchs seine Sammlung.

Seit er eine fette Brille brauchte, konnte er die Abende nicht mehr ausschließlich und exzessiv mit Lesen verbringen, aber das gute und tiefe Gefühl der Bücher-Anwesenheit gab ihm wohlige Befriedigung und Glück. Er könnte ja lesen, wenn er nur wöllte! Indes kannte er seine papiernen Pappenheimer wirklich und hatte nicht nur die Werke von Th. Mann – außer dessen langatmiger Joseph-Trilogie – mehrfach gelesen und wirklich verinnerlicht.

Am meisten aber wohl „Buddenbrooks": In den Zeiten noch ohne sein schweres Plus-Dioptrie-Nasenfahrrad las er die Schwarte eigentlich alle zwei, drei Jahre.

Halbbildung war doch eigentlich wunderbar: Alles halb! Halbierte Bildung, halbierte Vernunft, halbierte Harmonie, halbierter Erfolg …

Man konnte mit ihr problemlos von vielen Seiten vom Pferd fallen, ohne das es einem Andere übel nehmen konnten. Es war wie mit Hilfe schwacher Ölfunzel-Grubenlampen im Wissens - Tunnel wühlen, aber mit neidischem Bewusstsein für die Anderen, die eine Gehirnwindung mehr hatten und sich polyglott mit Erfolg sowie müheloser Vielsprachigkeit bewegen konnten ...

Andererseits stand seinem Naturneid eine ungeheure Faulheit gegenüber! Die Sterne sagten ihm nichts, ihm reichten fünfzig Euro: Das Wahre war für ihn eben nicht das Ganze, wie es Hegel behauptete, entscheidend für Peter war die Einzelperspektive des Gegenwärtigen und unmittelbar Fühlbarem. Oder eben fünfzig Euro ...

Da sind wir überhaupt auch gleich bei einem, ja dem Zentralthema dieser kleinen, in den Jahren ihres ersten Erscheinens erfolglosen Erzählung: Dem Halb-Erfolg! Halb-Erfolg bedeutet also auch immer Halb-Misserfolg. Darin nun war unser Held Großmeister.

Der neueste Lebens-Misserfolg war nun der, dass Peter seine Energie-Rechnung nicht mehr bezahlen konnte. Auch damit konnte er sich irgendwie anfreunden ... anfreunden mit dem Gedanken, gescheitert zu sein ...

Wieder sein Gedanke: Du bist ein Beziehungs-Ikarus. In welchem Drama spielst du die Hauptrolle, dachte er. Oder ist's bereits Tragödie? So ne schöne von Aischyolos, wo kreischend die antiken Weiber auf der Bühne kreißen und gebären! Erfasst du überhaupt den Lebens-Text und die Bedeutung dieses Stückes?

Und überhaupt! Es wird vor allem keine Hauptrolle sein, die du mehr oder minder mit der dir fähigen Hingabe spielst, dachte er und dachte an Mirna.

Ganz deutlich hatte er sie in ihrem grob gehäkelten, ockerfarbenen Kapuzenpullover und ihrem wallenden, langen mittelblonden Haar vor sich: ihr Lachen, die kräftige obere, völlig makellose Zahnreihe, mit der sie Werbung für Zahnpulver hätte machen können …

Wie baufällig diese Beziehung in vielen Dingen doch schien.

Jede seiner Liebesbeziehungen betrachtete er für sich selbst als die schlimmste: Viele Dinge, die ihm wichtig und über die er, der philosophierende Tüftler, sprach, schien sie nur ohne Reflexion wahrzunehmen, ohne bewusstes Erfassen passiv zu hören.

Sie machte dann rasch etwas ganz anderes, klimperte am Handy, fasste und befingerte sich teilnahmslos ihre mittelblonde Haarpracht oder drehte sich weg.

Aber er schien nicht anders. Das musste er sich freilich eingestehen. Ihrer Affinität zu ihm gruselig anmutender, moderner Unterhaltungsmusik-Populärmusik mit all ihren räkelnden, nuttigen Sternchen und zappelnden Fernsehbildern begegnete er mit immerwährender und störrischer Ablehnung.

11

Wieder das übliche Traumschema: Angst vorm Unbekannten, vor zu erfahrender Gewalt: Erschrak aus den Befürchtungen und Dunkelzonen seines Unterbewusstseins aus einem ihm furchtmachenden Traum.

Es war zwei Uhr in der Nacht.

Das Erinnern an den Trauminhalt war nicht schwer, noch klopfte sein Herz: Peter schlief in einem Holzhaus, irgendwie weit von der Stadt entfernt. Plötzlich bummerte es heftig an Wand und Tür! „Jemand", ja mehrere wollten sich Einlass verschaffen. Peter schrak heftig atmend aus dem Schlaf. Stunden später dasselbe Traum-Malheur: Wieder klopfte und bummerte es, diesmal hinter einem Glas-Fenster dieser Holzbude, welches in der ersten Traumvariante im Raum noch nicht vorhanden war.

Er sah einen schwarzen Schatten der Gestalt hinter dem Fensterglas sich gegen die noch größere Dunkelheit des nächtlichen Hintergrundes ab-zeichnen und wollte von innen heftig mit dem Kopfkissen dagegen schlagen, um überhaupt etwas zu tun und seine Angst in Gegenaktivität zu transformieren, aber er kam, wie gelähmt, nicht aus seinem Bett. Er stöhnte jetzt vor Grauen.

Davon aufwachend, knipste er die Nachttischlampe an und setzte sich auf seinen Bettrand. Es war jetzt wenige Minuten vor vier Uhr. Der nahe Heizkörper summte gerade eine Tinitus-Melodie.

Wieder dachte er an Mirna. Wie fremd sie sich ihm in Gedanken anfühlte, die sonst doch so seelennah war.

Und mit ihrer fühlbaren Andersheit kam die Selbstfremde: War er noch er? Was machte er hier? Warum machte er ihr keine aggressive Szene?

Er schien und war tölpelhaft wehrlos in seiner Humanität und seinem Verständnis für alles. Vielleicht hatte er aber auch nur schlicht keinen Willen und keine Kraft, sich im mindesten zu wehren.

Ihre Worte „Ich gehe, ich verlasse Dich, ich verschwinde!" nahm er mit traurig-gütiger Gebärde auf. Anstatt den Tisch umzukippen und zu schreien. Aber: Die Aggression und der Lebenskampf und die Unterdrückung untereinander kommen deshalb und davon nicht aus der Welt, aber die milieugebundenen Denk-, Wahrnehmungs- und Handlungsmuster; die zweite Haut zeigte prompt ihre Wirkmechanismen ... Vielleicht hatte sie eine Szene erwartet und gewünscht, er aber stellte sich auch hier als ein grandioser Hanswurst heraus ...

Verschwinden wird indes nur er selbst. Peter dachte an die quadratischen, nickelblitzenden Reset-Schließfächer des menschlichen Krankenhaus-Endes in der Klinik.

Geht's danach wieder erneut los? Ist der Todesschrei identisch mit dem der Geburt?

Ein fast allerletztes Geheimnis umhüllte ihn. Die dort auf der Nirosta-Stahl-Mulde in ihren Kühlfächern lagen, widersetzen sich zäh sämtlichen Erklärungsversuchen ... die gemeinsame Kittmasse des Daseins, der Gegenwärtigkeit besteht bei ihnen nicht mehr ... Werden diese Menschen wieder auf ihre Werkseinstellungen zurückversetzt? Nochmal: Ist ihr Todesstöhnen irgendwo ein Geburtsschrei? Seine Gedanken schweiften ab.

12

Er war mit Mirna in einem riesigen Einkaufscenter (Kreuzworträtsel: Land mit „K" als Anfangsbuchstaben!) vor der Stadt. Wochenendeinkauf! Übergroße Schiebe-Einkaufs-Körbe, die ihn jetzt prompt und verdrießlich stimmend, an die Wagen in der Pathologie erinnerten ...

Verdrossen und beide ihren Gedanken hinterher hängend, stakten sie nebeneinander her.

Peter schob resigniert den Korb, so wie er sonst resigniert die Wagen in der kahlen Patho schob. Natürlich gerieten sie wieder in Streit.

Über das Leben? Über das Klima? Er ließ sich resigniert zurückfallen. Mit trübem Gesicht legte er sich vier Schnappbügel-Flaschen Golbener Urbräu in den Einkaufskorb und hörte dabei den Gesprächsfetzen von kinderwagenschiebenden dickeren und Leggins tragenden Frauen an.

„Ich arweet och am Wochenende! Da komm ich zu nüscht!"

Du arbeitest schon nix, dachte sich Peter, als sein Blick auf das schrill pink gefärbtes Haar der Jüngeren fiel, dessen ungefärbter Haaransatz stumpfgrau war und einen merkwürdigen, ja bestürzenden Widerspruch zum lebensbejahenden Kolorit des dicken Restes erzeugte. Er suchte jetzt Mirnas Haarpracht, ihr gehäkeltes Kapuzenshirt und natürlich Mirna selbst. Wieder mal hatte er sie verloren. Diesmal nur in der Kaufhalle. Draußen im Leben: Dort auch ...

Gerade dort schmerzte es. Hatte sie sich je für seine, sicher dieselbe ablehnenden, Weltempfindungen interessiert? Sie glaubte bestimmt, ihre bloße Anwesenheit machte seine Welt besser. Und damit lag sie ja gar nicht sonderlich falsch, indes er an ihre niedlichen Josephine-Baker-Brüste dachte ...

Sicher zählte in einer Beziehung zum wenigsten die Qualität eines Augenblicks, sondern fast mehr die Anzahl der Tage und die Ereignisse ...

Hatten sie je wirklich zusammengepasst? Als ob's darauf ankäme! Er bedurfte keiner Kopie von sich selbst. Es gab ja nun alle möglichen Zeichen - die Zeit mit ihr war freilich auch voller stiller und halblauter Indikatoren, die zu Indikationen hätten werden müssen: Belanglosigkeiten, Kleinigkeiten, Bagatellen, dachte er und tat das, was er wirklich gut konnte: nämlich nichts! Jene Marginalien aber begannen sich zu summieren. Zumindest bei Mirna.

Es kommt wohl, neben einem gewissen „Augenblicks-wohlfühlverhalten" darauf an, dass „es" vergangen ist, um realer gesehen werden zu können ...

Sozusagen das Urteil aus dem „Danach". Das ist immer billig, eine Sache nach ihrem Ende zu beurteilen. Und, (!) „vom Ende her", wie es eine angeblich ganz, ganz große Polit-Koryphäe der 2010er immer gedacht und getan haben will, kann man kein Ding bedenken. Zumindest nicht a priori …

Peter empfand diese riesigen Konsumtempel seit langen Jahren als widerlich – und rannte trotzdem dorthin. Weil alle hinrannten! Von allen diesen alltäglichen Waren umgeben, bekam er sofort in dieser Kauf-Wildnis Beklemmungen: Die Krönung wurde es allerdings, wenn er sich stimmungsselbstzerstörerisch die Zettelanzeigen „Biete" und „Gesucht" im betriebsamen, eingangsnahen Foyer ansah: Alte, klapperige Klappfahrräder, Autoreifen und Kinderspielzeug auf der Haben-Seite – und auf der Soll-Kladde indes auch nur Müll-Gesuche.

Sklavenkonsumtion, Schrumpfseelen … zerbrochene, alte abgebrochene Werkzeuge gegen einen leinenen, von der Latifundiumsarbeit fleckig gewordenen Lendenschurz. Nirgendwo etwas von Wert … Nirgends!

Mirna fuhr ihn ungewohnt schroff an: „Sei nicht so bequem, komm ma hinter deine Be-quemlichkeitsgrenze, raus aus deinen eingeschliffenen Verhaltensstrategien: Das Klima wandelt sich rasant!"

Er winkte sehr resigniert ab, dachte flüchtig an allgemeine Unfug-Wahnideen und packte sich noch einen Pappträger Angebotsbier in den blitzenden Schiebewagen. Die Einzige, dachte er, die sich hier wandelt, bist du! So ein blödes Gewäsch. Stell du dich doch nackt in'n Regen, einfältiges Geschoß!

Treu bis in den Tod sind indes nur Dummköpfe, die Treue hat ihre Grenze im Verstand, sagte weiland der Berufsopportunist Talleyrand-Perigord, jedes französische Regime in seinem raschen Wechsel überlebend.

Aber immerhin hast du den Verstand, mir untreu zu werden, Mirna, dachte er und legte noch trotzig eine Flasche sehr preiswerten Rotweines in den Einkaufskorb dazu. Ist nicht eine müde, gähnende Selbsttäuschung bei dir, die sich bedauert und streichelt und von mangelnder Eigenbetrachtung gekennzeichnet scheint ...

Ganz doof biste allerdings nicht, dachte er rasch, weil du dich mit mir eingelassen hast. Nur, ich gehöre nicht zu den zwanzig Prozent der Superversorger ... würde gern wissen, ob's da ne merkbare, mulmige Enttäuschung gab, als du das mitbekommen hast, dass ich doch selber nur ein gesellschaftlicher

Müllschlucker bin ... man sollte sich wirklich keinem Gespinst der Selbsttäuschung hingeben ...

Natürlich war in unserem Helden eitle Blasiertheit, für die er, der Versager, nun wirklich keinen Grund hatte.

Was wir zu Corona sagen

Irgendwann, früher, war gelesenes Wort doch noch wirkliches Erlebnis! Diese Zeit indes scheint unwiderruflich dahin. Aber, wie rufe ich immer und gern mit leichter Boshaftigkeit aus, wenn ein Zeitgenosse das Ende von einst tollen und prosperierenden DDR-Wirtschaftsstandorten á la Chemiefaserkombinat Schwarza oder Robotron in Sömmerda bedauert: Spinnräder, Trichter-grammophone und Messingkarbidlampen werden indes auch nicht mehr hergestellt!

Nicht nur basale Kulturtechniken, wie das Aneignen von Inhalten durch bebrilltes Lesen leinengebundener Bücher, auch und gerade Technik, Kultur und Rhetorik sind einem ständigen, sicht- und merkbaren Wandel unterworfen!

Neue Lebenswirklichkeiten entstehen. Jedes Jahr! Ständig! Deutlich wird das auch im Vermitteln und der Realität gesellschaftlicher Vorgänge: Die lieben, von wahrer Opposition befreiten Lenker unserer Stimmung und Schicksals tätigen widersinnige, noch vor anderthalb Jahrzehnten undenkbare, da offenkund doch wohl fehlerhafte gesellschaftspolitische Entscheidungen und präsentieren diese in dauergeschwätziger, moralisierender und bildungshochmütiger Form, ohne tatsächliche Möglichkeit wirksamer Gegen-Kritik ihren Rezipienten (...)"[8] Wieder erschreckt die gerade abgeschlossene Gegenwart uns immer noch durch die ihr eigene Dramatik des unwiderruflich und endgültig abgeschlossenen Zeithorizontes, des „Nichts - mehr - ändern - Könnens": Dies dürfte wohl der eigentliche Grund für die im großen wie kleinen praktizierte „Geschichtsunwilligkeit" vieler aktueller, jeden modernistischen Schrei strikt und mit Enthusiasmus umsetzender Zeitgenossen sein.

Wie man vor und kurz nach 2020 lebte, „... die äußere, bereits morbide Erscheinung des Endes erkennend, ohne jedoch wirklich aktiv zu erkennen, aufpolierte Phrasen und Worthülsen fast ohne tägliche Entrüstung aufnahm, ohne diese mit Bewusstsein zu rezipieren (...)"[9] und zu kritisieren, glich fast und fatal der letalen DDR-Zeit, auch dort wurde in reklamierter Deutungshoheit und Laber-Kommentaren von Politikern, Juristen und Künstlern diese späte, bereits

---

[8] Scheidig, Dieter: Zangengeburt eines neuen Zeitalters. Grundirrtümer des Jetzt. BoD 2021. S.11, ff.
[9] Scheidig, Dieter: Der Blecher. Versagerhelden. BoD 2018. S. 12.

an Gangräne leidende Gesellschaft zu einer gleichgeprügelten Schicksalsgemeinschaft oder zum übersozialen und omniumgerechten Selbstverwirklichungs-Paradies umgedeutet.

Die Protagonisten dieses Plots unterscheiden sich wohl von den meisten aktuellen Zeitgenossen kaum, welche aus der gleichen gefühlten Miserabilität heraus die Flucht in eine verlogene Charade, einem Versteckspiel der eigenen Persönlichkeit, ja Lüge suchten und suchten.

Diese Erzählung fällt in den Beginn der 2020er Jahre ... Enden wird das Fragment in auffälliger Nähe zum Heute, in welchem die bundesdeutsche Gesellschaft, um hier, fast unerlaubt, eine Begriffsanleihe aus naturwissenschaftlichem Bereich zu gebrauchen, von einem festen Aggregatzustand in einen flüssigen, ja ansatzweise gasförmigen überzugehen.

Alle siebzig Jahre scheint eine bildungsunwillige und selbsthassende Neomanie-Generation heranzuwachsen, welche die Leistungen von zwei vorhergehenden Menschengenerationen dummdreist nicht nur völlig in Frage stellt, sondern gleichsam empfänglich für radikalisiertes Gedankengut nebst synthetischen Problemen ist und deren Lösung mit infantilreligiösem Ausschließlichkeitsanspruch reklamiert: Hoffnungsvolle Hoffnung kann es nur geben, wenn der gesellschaftliche Rest sich unterwirft …

Eines zuvor: Auch in dieser Erzählung bleibt natürlich das Grand de Finale aus. Auch hier geht es fast nur um der Protagonisten Unterleib. Natürlich soll auch auf den folgenden Seiten die pathetische Frage gestellt werden: Was bewegt diese veritablen Modelle von Versagerhelden? Zumeist nur die Beine, bei allen Göttern: Bei den meisten nur die Beine.

Genug der letztlich selbstverspottenden Äfferei und wieder rasch zum ernsthaft Gefühlten – nun wirklich substantiell, und nicht in gefühls-vertuschelnden Charaden weitergeplaudert, denn ich will Euch sehr kurz (lang kann ich nicht – leider, leider!), fast in hingeworfenen Fragmenten von einem Frauen- und Männerschicksal erzählen, nicht nur aufgeschrieben, was ich vor mir, sondern vor allem auch, was ich in und mit mir sah …

Tout est dit (Alles ist schon gesagt worden)

1

Die Geschichte ist sehr banal.

Er öffnete die Augen. Sein Hals schmerzte. Jedes Detail war ihm herzklopfend noch bewusst: Der Traum war merkwürdig und von der Grundstruktur leicht erinnerbar.

Natürlich war er schuld! Immer! Und doch unschuldig wie immer! Mit pochendem Herzen versuchte er den Gesamtfaden des Traumgesichts zu finden, bevor wie ständig sonst immer der Inhalt zerfaserte, bröselig wurde und schließlich nur noch eine ungute, fade Stimmung im Erinnern verblieb.

Das Geträumte zerfranste rasch immer mehr: Kaum noch konnte er sich an den Grund erinnern, warum die dicke Kunstgeschichtsdozentin plötzlich platschend in das tiefe und trübe Wasser eines rechteckig gemauerten Beckens sprang.

Er sinnierte mit blöden Augen, dem Traum nachhängend.

Ein ziemlich großes und wertvolles Modellschiff der Titanic ging unmittelbar, kurz vor dem klatschenden

Kopfsprung der quappigen Frau, kenternd unter, welche dieses wohl rasch bergen wollte.

Aber warum ausgerechnet diese schweradipöse Lehrkraft?

Er, der Träumer, ging selbstvergessen an ein schlechteres, graues Hotelbuffet essen und vergaß die Person der dicken Wasserhüpferin. Als andere Menschen entrüstet gewahr wurden, dass die Dozentin X. verschwunden wäre, erzählte Andreas, maulend und leicht beschämt seiner ihn aufgeregt bedrängenden und durcheinander sprechenden Umgebung von deren Wassersprung. Es schlug ihm prompt hassender, ablehnender Verdacht entgegen.

Sofort forderte man ihn mit einem ihn erschreckenden, laut schnatternden fiktiv und aufgesetzt erscheinenden Rigorismus auf, hinterher zu springen: Wie unmoralisch und grausam er doch sei.

Stimmen schwirrten aufgeregt durcheinander.

Er hielt die Augen krankhaft weit in der grünlichen Trübnis aufgesperrt, sah am Beckengrund abgelegte und veralgte Totenkränze mit der in leichter Strömung wehenden Schleifen und tauchte wegen Luftmangels und geschluckten Wassers sogleich rasch wieder auf.

Non, je ne regrette rien[10]!

Der zweite Teil des Traumes war erschreckender und klar erinnerbar: Der forschende, eigene Blick in sein Scheißhausbecken verriet es:

Pechschwarzer Stuhl und frisches Blut. Dazu die jetzt nicht mehr rätselhafte Schwäche. Die eigene Erkenntnis fuhr ihn im Traum an – er hatte dabei Kniegelenke aus Watte: Wie sein Vater vor zwanzig Jahren ... Du musst es aufschreiben, was dir bekannt ist. Bekannt von der letzten, dieser letzten Zeit. Bekannt von deinen nächtlichen Träumen. Bekannt von deiner Liebe ...

Schweißperlen auf der Stirn habend, schleppte er sich zum Kunstledersofa in seiner dunklen Bude an der Georgenmauer. Atmete tief.

„Ah! Also nicht das Virus! Nicht am Virus!"

Er musste kichern. Resigniert lächelnd und seinen hoffnungslosen Optimismus pflegend, dachte er halblaut in den Raum ... es wird was anderes werden es ist doch alles Nonsens. Viel Fiktionales und wenig Wahrheit scheint dein Leben.

Er hatte wenig Angst.

---

[10] „Nein, ich bereue nichts!" Titel eines Piaf-Chansons.

Notiere, bevor es zu spät ist, sagte er zu sich selbst. Aber es ist doch nur Eitelkeit. Eitelkeit und der Glaube an die eigene Individualität, die doch ein Tod gründlich zerstören wird. Und so unterließ er es. Schlief ein.

Träumte im Traum von seiner Kindheit: Dem viel zu kleinen Haus am Westrand der Kleinstadt und der mit darin lebender Großmutter, blauem Himmel, Burgenbauen im Sandkasten, jedes Frühjahr verschwenderisch weiß blühenden, duftenden Kirschbäumen und dem hölzernen, verwitterten Gartenzaun um das unregelmäßige Areal des elterlichen Grundstückes.

Und die soziallähmende Behinderung: Er, Andreas Dorna, kam mit einem seinerzeit fast völlig unoperablen, geradezu grotesk wirkenden Überbiss zur Welt. Als Kleinstkind meist lächerlich. Als junges Schulkind verspottet.

2

„Ziehen sie sich bitte die Maske hoch!" war die wohl meistgesprochene, rügende Floskel dreier Jahre.

Ein ganzes Land fiel 2020, 2021 und 2022 in ein Kollektivdelirium: Die Menschen lachten nicht mehr. Der neugekochte Wunderbrei war wirklich überraschend und wirkte famos!

Seit Wochen rückte der Tag des Krankenhaus-Termins näher, seit Wochen wetzte er seinen Krankenhauskoffer (oh ja, einen wirklichen Koffer aus Pappmache, nicht so'n neumodischer Look, sich mittels Tragetaschen mit werbendem Aufdruck und breiten Schulterriemen selbstverliebt wohlzufühlen: Andreas' sperriges Ungetüm hatte Schutzecken aus Bakelit und einen winzigen Trage - Henkelgriff).

Seit Wochen saß er untätig und daheim in einem dümmlichen, ältlichen Fauteuil[11] vor dem schweren, dunklen Schreibmöbel ohne etwas zu tun. Nur als Alibi …

Überall diese weißen Operationsmasken, welche man früher, „vorher", vor dieser „Zeit" und unter normalen Umständen nur bei japanischen und meinethalben auch südkoreanischen Reisegruppen nie ohne sich

---

[11] Lehnstuhl, Armlehnsessel, gepolstertes Sitzmöbel

rasch entwickelnden, eigenen leichten, glucksenden Humor-Anflug sah.

Überall diese leichte, labile, quallige Widerstands-losigkeit, mit der sich die Leute den ihnen von der Gesellschaft diktierten, oft irrational anmutenden Gesetzten und Gebräuchen willig unterwarfen und mit diesen Gesichtslappen perchtenhaft gemeinschaftlich maskierten:

So wenig natürliche Abwehrmechanismen gegen fremdbestimmende Oktroyierung. Er war dagegen! Natürlich war er durch viele vergangene Lebenserlebnisse und wenig Anteil am sozialen Reichtum zu einem routinierten Klassiker der Dissidenz verkommen.

Aber das mochte bei ihm nichts heißen – er war gegen alles. Von Klugheit zeugte das nicht. Eher von eigener teillebensunfähiger Dummheit. Bei den Anderen aber schien ein verzagter, humorloser und wutiger Meinungs-Bürgerkrieg der resignierenden Ratlosigkeiten ausgebrochen. Oh ja, die Leute schienen das Lachen verlernt und ihre Gesichter hinter weißen Fetzen völlig verloren zu haben …

Wie sie in ihrer ideologisierten Hyperaktivität sich gegenseitig rüde anmauzten, ihre Operationsmasken zu tragen, machte sie ihm noch erbärmlicher. Dieser sozialkulturelle Code funktioniert ausgezeichnet, dachte er. Reine organische Bio-Blödariat-Verschiebemasse, welche den aktuellen Lautsprecher-Durchsagen neuer Zeitgeist-Pirouetten unreflektiert nachgaloppiert und den jeweils gesellschaftlich- und situationsmutierenden Geßlerhut[12] immer bereit und ohne kurzes Zögern willig grüßt ...

Am Nachbartisch der Klinik-Lobby in Bad Golben, die eher wie ein Hotel-Ressort-Empfang anmutete (wie wunderbar „Dazzle"[13]-haft, geschickt absichtsvertuschelnd!), saß eine von Einfallslos-Tattoos überdeckte, mit Jogginghose und T-Shirt bekleidete, nicht ganz junge Frau mit roten, tiefliegenden Augen, OP-Maske und Dreadlocks.

Ihre Hängebrüste schlabberten und schienen fast weinerliches Vanitas-Symbol einstiger Kurzzeit-Schönheit.

Dorna musste zur Wursthaar-Frisur fasziniert und gleichsam abgestoßen hinschauen und schalt sich deshalb selbst unwillig einen Fex. Die Haut! Fast eine Maori-Hautoberfläche! Reiner Un-Ästhetizismus! Eine herausfordernde Individualität sollte ohne Arbeits- oder Intelligenz-Leistung erzeugt werden.

---

[12] In Schillers „Wilhelm Tell" lässt der Landvogt Geßler in Altdorf einen Hut aufstellen, den jeder Passant zu grüßen hatte.
[13] Dazzle painting: Methode, Schiffskörper verwirrend anzustreichen, vor allem im Ersten Weltkrieg verwendet

Örcks! Puh! Neben ihr natürlich auch der grobgesichtige, aufgedunsene und glatzköpfige Begleiter (Dorna dachte, wir können hier offen sein: „Fromms-Gesicht"), breitbeinig, sich völlig unterwürfig einer imaginären, irgendwie wohl immer noch sehr zwanghaften Kleiderordnung der Berufs- und Sozialstände beugend, in Jogginghose und dem schier unvermeidlichen Kapuzenpulli, auf einem Hocker sitzend, sich und seiner Umgebung den Anschein gebend, alles lässig zu verstehen. Biomasse! Der intellektuell-eitle Dorna drehte sich unwillig zu einer anderen Szene weg:

Stehend unterhielt sich ein anzuggewandeter Mann im besten Industriekapitän- oder Politiker-Alter im zu eng anmutenden Banker-Dresscode (der Anzug indes schien eine überaus alberne hellblaue Farbe zu besitzen!) mit einer sehr schönen Krankenschwester mit animehaft[14] großen Augen, welche devot und sanftberuhigend leise auf ihn einredete. Wohl ein Privatversicherter.

Großer, gütiger Gott: Zu mehr, als zu einer Trost-Begleit-Schwester scheint's bei diesem Mittwoch-Früh-Andrang dann auch nicht mehr gereicht zu haben. Dorna war schlicht amüsiert: Hey, du dämlich-

---

[14] Die übergoßen Augen japanischer Animes (Trickfilme)

vergreister Pick-me-Boy[15]!? Keine Sedia gestatoria[16]? Keine Sedia, kein tragbarer Sessel!? Kein Flabellum[17] mit Rot-Kreuz-Symbol? So ein ausgewachsener Grasdackel.

Aber wirklich! Das Leben ist zu schwer für dich ... Als billiger Kassenpatient erfüllten ihn solche Szenerien mit einer schier unendlichen und fröhlichen Heiterkeit:

Von wegen Zwei-Klassenmedizin, dachte er freudigmistig: Der flexiblen Katheder, welchen sie dir in dein saudummes Großkotzarschloch stecken (er war durchaus pathologisch neidisch und ordinär, sagten wir das in den ersten Zeilen des Plots indes noch nicht?), kommt danach, durch die jedoch immer und überall vorhandene grün-bekittelte Putzfrau nur flüchtig abgespült, in das meine, welches tatsächlich samt seinem Besitzer am völligen Ende des Endes der Futterkette steht.

Es wird dieselbe Medizin-Technik sein, ob du Privatpatient bist, oder nicht. Und auf den Shakehand des Klinikdirektors nebst der persönlichen schönen

---

[15] Sensibler, mädchenhafter Mann-Junge
[16] Sänfte des Papstes, beliebte Kreuzworträtselfrage
[17] Aus Pfauenfedern am Ende einer Stange bestehender ritueller Fächer; der Pfauenwedel wurde von Paul VI. in den 1960ern abgeschafft.

Anime-Girl-Trost-Schwester mit vor Aufregung bebenden Nasenflügel sei wirklich geschissen. Er dachte: Entscheidend für solche Einfaltspinsel ist doch nur, dass sich der Gegenstand ihres Da-Seins wirklich und fassbar, fühlbar anfühlt[18].

Andreas betrachtete jetzt interessiert die gut polierten, fein handgenähten Oxford-Schuhe vom Großkotz: Ledersohle! Hell abgesetzt und fatalen „Für'n-Arsch-Glamour" und Glitter in dieser gepflegten Vorhölle versprühend ...

Wieder dachte er, selbstverspottend: Solche kooofste dir och ma, wenn de groß bist.

Gleich, schmerzhafter, sich bekümmert krümmend: Wenn du noch groß wirst.

Den ganzen Vormittag verbrachte er nun bereits in diesem turmhoch überkuppelten Klinik-Eingangs-Bereich.

Die Vielzahl der wegen des China-Schnupfens pflichtgemäß maskengedämpfter Menschen-Stimmen ergaben in diesem Raum ein flirrendes, andauerndes Geräusch. Wie ein Traum! Wie das übergroße Palmenhaus eines fiktionalen Luxus-Dampfers.

---

[18] „Entscheidend für die neuen Dummen ist, dass sich der Gegenstand ihres Da-Seins wirklich anfühlt." Aldous Huxley

Dampfers? Eher wohl doch das Narrenschiff. Wie ein hartnäckiger Tinnitus! Der Weiser der großen Uhr stand kurz vor Zwölf! Oder war es bereits fünf nach? Lauter Menschen. Die Anderen sind immer in der Überzahl, die Andren sind immer die Meisten, dachte er schläfrig:

Immer wieder nickte er für Sekunden in seinem Wartesaal-Kunstlederschemel ein.

Siehe, nun ist dieser Tag gekommen, der dir als abstraktes, fernes Datum durch den Brief mit dem Einweisungstermin seit Monaten angekündigt und bewusst war, sich als ständiger Vanitas-Begleiter in deiner Gedankenwelt verhakte ... gekommen, wie das Ende deiner paar Urlaubstage und wie irgendwann der letzte Lebens-Tag, der Tag des eigenen Todes. So und ähnlich waren seine Gedanken im klebrigen Halbschlaf.

Andreas Dorna war heute sehr, sehr früh aufgestanden: Es schien einer der Tage zu sein, die wochenlang nicht vergehen ... seine Lider schienen wie Blei. Vor der futuristisch anmutenden Stahl-Tür zu den Räumen der Blutentnahme und des EKGs mussten Nummern auf hochglänzenden, laminierten Pappkärtchen gezogen werden.

Ein Streit entspann sich zwischen dem schlecht (da leicht zu eng) sitzenden Anzug in glamourversprühenden Oxfordschuhen und einem dürftigen, stoppelbärtigen, ungepflegt wirkenden Bademantelträger mit verbundenen Händen.

Das manteltragende, dünne Männchen verkörperte fast perfekt den ewigen, hundekuchenhaften Werklehrertypus aus Dornas Kinder- und Schulzeit.

Es ging, wie so oft im Leben, um die Reihenfolge. Natürlich! Die Reihenfolge! Fast wie im spanischem Hofzeremoniell!

Die Trostschwester versuchte betroffen mit einer hilflos flatternden Geste zu vermitteln.

Er hörte im Halbschlaf den engen, blauen Anzug zur Schwester, deren Nasenflügel bebten, im salbungsvollem Schimpfton: „Neunzig Prozent der Menschen sind Idioten!"

Andreas vernahm sein eigenes, protestierendes Brummen: „Klar, in Deiner Projektion! In Deiner Projektion eigener Doofheiten auf andere! Er schüttelte unwillig im Halbschlaf seinen Kopf.

So ein Erzurmel! Warum sollte er ausgerechnet zu den zehn Prozent gehören?

Du bist ne Missetat am Mitmenschen, du findiges Tier, dachte er und sinnierte weiter: Klar, immer die anderen sind es! Weil sie vielleicht die Meisten sind?

Ihm fiel rechtzeitig ein nicht unbedingt massenkompatibles Zitat ein ...

„Die menschliche Natur ist nicht Ergebnis der Gesellschaft, sondern ihre Ursache."[19] murmelte er kommentierend, da im Halbschlaf das Ereignis und den Oxford- Dialog mitgehört habend.

So ein Idiot! Es schien der Typus des unangenehmen Chefs, des unauskömmlichen, bestenfalls nobel-harten Dienstvorgesetzten mit „furchtbarer Lebensgesinnung"[20] zu sein, der Dorna aus dem mahnenden Raunen seines eigenen Lebenserleben sauer aufstieß und längst verdrängte Abwehrmechanismen aktivierte. An wen erinnert der mich, frug Dorna seinen müden und löcherigen Personen-Erinnerungs-Grips, als er am frühen Nachmittag sein erkaltetes „Dummie"- Essen für Neuzugänge verspachtelte.

---

[19] Nicolas Gomez Davila
20 Ein Begriff Heimito von Doderers

3

„Machs Brotloch zu!" schrie Detlev in der nur sehr mäßig großen, kargen Wohnstube einer Leuna-Werkswohnung in Merseburg.

Wir sind in einer jetzt völlig fern erscheinenden Vergangenheit.

Vom Jahr 1987 ist die Hälfte vorbei. Noch sollte die DDR zwei Jahre ticken, ehe sie vom „Bullshit-Filter der Geschichte[21]" entsorgt werden sollte.

In dem Raum ist es warm. Die Fenster sind offen und man blickt in klischeehaft graue Tristesse. Bierflaschen „Merseburger Hell" stehen auf dem Tisch der eigentlich tadellos aufgeräumten Stube. Irgendwoher kam ein „Orrrnäää!" Peggy Bunde war entschlossen, mit ihrer fünfjährigen Tochter Clarita diesem Einerlei in ein nächstes zu entfliehen. Kam und kommt in der Alltagsgeschichte millionenfach vor. Nix Besonderes.

Etwas Besonderes aber schien jenes Kind, welches nun dieser Szene zwischen den Erwachsenen mit dunklem Verstehen und altklugen Augen folgte: Sensitives und ein eigentlich nur aus dunklen Augen bestehendes, zum Kinn in bereits perfekter Form schmal-dreieckig

---

[21] Taleb, Nassim: Antifragile. Random House 2013. S. 322-329.

zulaufendes, römisch anmutendes Gesicht. Die nackten, fast zu dünnen Arme und die zierliche zerbrechliche Schulter schienen wie aus Bronze. Das Kind! Jetzt ist das Kind fünf Jahre ...

4

Ich wachte schweißgebadet auf – und wieder dieser blamable, verworrene Traum: Schlimm! In Badekleidung, nur mit einer schlabberigen, grünen Turnhose bekleidet, inmitten einer pickfeinen Ausstellungseröffnung befindlich.

Närrisches Zeug! Komischerweise am Strand irgendeines Badegewässers, unter einem unirdisch warmen, hellen Licht. In unmittelbarer Nähe von mir saß die neue Direktorin der Zentral-Bibliothek, Frau Dr. Hilger-Ploog, welcher ich unbedingt vorgestellt werden wollte.

Plötzlich ließ ich einen leichten, kaum hörbaren Darmwind fahren, welcher als grauenerregendes Ergebnis einen kräftigen, tiefbraunen Scheiß-Klecks in der Konsistenz von bayerischen Süß-Senf auf der neuen Bestuhlung des Raumes hinterließ.

Das Gefühl von Überforderung und Peinlichkeit habe ich oft, sehr oft im Wachzustand. Niemals allerdings so stark wie in Träumen. Versuchend den Klecks unbemerkt von den anderen Teilnehmern der Vernissage mittels der Schlabber-Turnhose (die ich indes auch im realen Leben mein Eigen nenne und sie ganz furchtbar finde, ohne mich jedoch aufraffen zu können, diese wegzuwerfen) zu verwischen oder zu entsorgen. Merkwürdigerweise benutzte ich die Hose zusammengeknüllt zu dieser Peinlichkeit, hatte sie jedoch noch dennoch gleichzeitig schamvoll an. Ich versuchte mich während der langatmigen Eröffnungsrede aus dem Raum zu stehlen. Dieser Handlungs-Traumpunkt markierte gleichzeitig mein schreckhaftes Aufwachen unter Herzrasen und merkbarem Körperschweiß ...

Wieder einmal hatte ich mitten in der dunklen Nacht, ungestört von Licht und Leuten, Gelegenheit, über mich nachzudenken: Dass ich ungerecht bin, ist mir bekannt. Subjektiv filternd, leider nur unzureichend viril, dafür obszön und böse ebenso. Das alles macht der Neid. Quälender, aufreibender Neid! Mein finanzieller Background ist nicht eben mit Gold zugeschissen. Sicher wohl eigene Schuld.

Wichtig aber erschien mir immer, nicht im Esels-Göpel zu treten oder große, feuchte und schwere Mehlsäcke zu schleppen. Wichtig war, dass man mit dem Arsch, dem eigenen, so durchs Leben durchschlittert, dass es einem einigermaßen mit Gesundheit und Nerven gutgeht ...

Sicher! Traurig sicher! Von engeren, intellektuelleren Freunden wurde mir deshalb das Epitheon Ornans „der Faule" beigelegt, als ob dieses schöne und menschliche Eigenschaftswort überhaupt in der Lage ist, aus der bloßen Bezeichnungseigenart und dem

Wortlaut mir aus meiner Bedeutungslosigkeit und Erfolglosigkeit herauszuhelfen.

So gut und auch wahrhaftig und real können selbst gute Freunde zu einem selbst sein! Es geht um mich, Andreas Dorna, und um die Clarita Bunde. Es wird kaum ein durchaus stärkeres Verwirrspiel, es bleibt sehr, sehr durchschaubar, doch dazu später.

Freundschaft um der reinen, lauteren Freundschaft willen, das hat die doch die Glaubwürdigkeit des knallrot bemantelten Weihnachtsmannes. Mit weißem Bart! Kann es etwas total Altruistisches geben? Ich meine „Nein!".

Ein alter, sehr oft geplapperter Wahrheits-Scherz von mir ist: „Arme Omis sind eben auch einsame Omis!"

Nichts, garnix, kein Handlungsstrang entbehrt nützlichkeitsbewusster Elemente, alles muss sich zumindest partiell dem eigenen physischen oder psychischen Selbsterhalt und dem Bewahren oder Neuschöpfen von materiellen Ressourcen unterordnen. Sollte es zumindest! Ansonsten kommt man doch wunderbar rasch vor die Hunde.

„Das Schicksal liegt im Alltäglichen. Es muss in Deutschland nichts Außergewöhnliches mehr geschehen, damit Menschen sozial abstürzen."[22]

Humor gehört zum Alltag! Kann es sein, dass Humor indes in den letzten anderthalb Jahren nicht immer zum Alltag gehört? Kann es sein, dass die Menschen kein Gesicht mehr besaßen? Das die Menschen das Lachen verlernten?

Vorsichtig geworden, um nicht anzuecken bei selbsterklärten Wächtern und Wärtern einer neuen und gleichzeitig altbacken-pappigen sozial-gesellschaftlichen Übermoralität, das wahrlich verleidet einem so manchen guten Spaß ... Schweifend und in Gedanken ...

Man ist dem Anderen halt nur so viel, wie man dem Anderen eben ist – der Andere lebt in seiner psychischen und physischen Eigenwelt, einer ganz und gar eigenen, und dadurch völlig individuellen Wahrnehmungssphäre:

Da überschätzt man in der Mehrzahl der Fälle die eigene sympathisierende oder gar liebende Wahrnehmung und ist sodann im eigenen Meinen befangen, der Andere oder die Andere müsste automatisch die identische Wahrnehmungs-

---

[22] Klinger, Nadja; König, Jens: Einfach abgehängt. Ein wahrer Bericht über die neue Armut in Deutschland. Rohwolt. Berlin. 2006.

perspektive haben: Kaum, dass man gemeinsam dieselben Bäume sieht, vor denen man steht, so sehr und einsam lebt man doch in der eigenen, persönlichen Wahrnehmungs-Echo-Kammer ...

Den Breuna nun kannte ich seit Mitte der 1990er Jahre. Also seit einer ganzen Ewigkeit. Damals arbeitete ich, kaum ein halbes Jahrzehnt nach meinem müden, über die Wende mühsam und knapp geklapperten Fachschulstudium in der kleinen Stadtbibliothek der stolzen Capitale Vierheim, Ortsteil Schlibitz.

Dem Herrgott sei Dank, ich bekam einen Posten, diesen Posten, und konnte in meinem Studienberuf arbeiten.

Dem Herrgott? Der nun ist auch für mich so ein Thema immerwährenden Nachdenkens, während ich entsetzt als Endvierziger vier graue Haare meines Kinnbartes vor dem ungeputzten Scheißhausspiegel mit der kurzen Nagelschere herausschneide.

Eher doch ist das Weltbewusstsein, diese sinnvolle oder gleichwohl sinnlose Vernetzung milliarden-facher Zufälle dafür verantwortlich: Die meisten meiner Kommilitonen schulten, wie sagte man es damals, „um". Zu so wertigen und gleichsam lauschigen Fachrichtungen wie Versicherungs-kaufmann und Gebäudereiniger. Ein Schicksal, ich wiederhole mich, welches mir unser Herrgott und meine evidente Kenntnis Goethescher Altersgedichte ersparte.

Für die hatte der erste Nachwendebürgermeister von Peulingen ein Faible. So'n richtiger alter Querdenker! Huch! Dieses Attribut ist heute völlig anders verwertet! Und so völlig anders verwendet. So ändern sich halt die Zeiten ...

Weißer Spitzbart, graues, nach hinten gekämmtes Haar, langes, pferdiges Gesicht und dann diese dunklen Augen. Funkelndere Augen hatte ich nie gesehen. Dachte daran, dass diese Augen bestimmt im Dunkeln schwarz leuchten wohl schwärzer als Schwarz.

Die Veröffentlichungen von Burchard waren bekannt. Seinen in den 1980ern erschienenen Goetheroman hatte ich im heimischen Bücherschrank.

Konnte also indes selbst vor diesem leicht misanthropischen Pferdegesicht mit dem Kennen des Bürgermeister-Goethe-Romanes aufwarten.

Aber ich spreche unentwegt von mir.

Unentwegt!

Unentwegt schwatze ich, ohne mich Ihnen, verehrte Leser, vorgestellt zu haben. Das liegt aber daran, dass ich ohne Plan und nur flüchtig mit dem Vorsatz des

Konservierens die jüngsten Geschehnisse um mein Leben und das Leben während der umstrittenen Super-Seuche aufschreibe.

Aufschreibe mittels meines alten, mittlerweile auch ins siebente Existenzjahr gehenden Laptop.

Es muss mir von der Seele, ich will mein Gemüt frei reden, denn auch ich scheine mich mancherlei intellektueller Vergehen schuldig gemacht zu haben. Unglauben, Blasendenken, Skeptizismus! Nicht zu knapp übrigens. Die Sache mit Henk war übrigens folgendermaßen bestellt:

Ich wiederhole mich gleich zu Anfang meines Geständnisses, dass ich Henk in der Mitte der 1990er Jahre zum ersten Male sah. Es war in einem Erfurter Modellbauladen, einem neu eröffneten Geschäft mit Baukästen, aus denen der über reichlich Zeit und Muße Verfügende Schiffe, Flugzeuge und vieles mehr hätte basteln können.

Wenn das Publikum in dieser damaligen wirren Zeit einfach Zeit hätte erübrigen können, würde sich diese Ladeneröffnung auch längere Zeit gehalten haben können, allein sie verschwand nach zwei Jahresfristen zugunsten eines Handyladens oder Computergeschäftes, ich weiß es nicht mehr. Erfurt, von Vierheim flotte hundertvierzig Autobahnkilometer entfernt, gehört nicht zu den damalig bevorzugten

Ausflugsgebieten: diese Stadt machte in ihren Randbezirken immer mehr den grauen Eindruck einer preußischen Provinzhauptstadt auf mich, was selbige ja auch seit 1815 war. Das opulente Fachwerk des engen, inneren Distriktes rettete da nix. Zumindest in meinem Gefühlshaushalt nicht.

Ich wollte damals eine kleine Buchpräsentation im muffigen und dunklen Foyer unserer Vierheimer Stadtbibliothek mit Literatur über das 1912er Titanic-Desaster durchführen und die Geschäftseröffnung in Erfurt, von der ich im überregionalen Teil der Zeitung las, hatte sich genau dies zum Thema genommen.

Damals war ich frisch in Hilke, ein kleines Teufelchen, mit Nachnamen übrigens Blanchard benamt, verliebt. Ich werbe beim geneigten Leser um Verständnis. Hilke mutete damals wie eine zierliche Amazone an, um das schöne Wort des Autors Remarque wiederzubeleben: Ich las es auf Seite 86 meiner zerlesenen Paperback-Ausgabe. *Die Nacht von Lissabon* faszinierte mich immer wieder aufs Neue! Diese Verzweifeltheit großer Liebe und schier unlösbare Problemstellungen in moderner, gewalttätiger Zeit. Das waren echte Probleme!

Ich rede von mir, bislang fast seitenfüllend und ausschließlich, ohne mich bei meinen Namen zu nennen: Nennen wir mich einfach Andreas Dorna.

Ich hatte mich doch bereits vorgestellt?

Ich werde vergesslich.

Im industriegrauen Vierheim (einer westsächsischen Kapitale!) Ende der 1960er Jahre geboren, in allem so durchaus ein mitteldeutsches Kind in Bequemlichkeit und Phlegmatie.

Das Wetter war in der Mitte des damaligen Jahres gleichgültig-unerinnerbar, der Laden ein Eckgeschäft in der mit spätgründerzeitlichen Mietshäusern bestandenen Nordhäuserstraße, die es in gleicher und gleichgültiger Architektur auch hätte in Magdeburg, Leipzig oder Berlin geben können, der kleine Raum war menschengefüllt und mit deplatziert wirkenden bunten Girlanden und Luftballons, wohl das immerwährende Glück oder die gute Stimmung manifestierend, symbolisieren sollten, dekoriert.

Bei dieser Geschäfts- und Ausstellungseröffnung sah ich ihn, Henk, zum ersten Mal: Verdruckst, mittelgroß, eine durchfurzte, ausgewaschene Jeans vom Baumarkt tragend, die Haare spießig gescheitelt; wissen Sie, so ähnlich wie das 70er-Jahre-Gesicht auf den bunten Papp-Verpackungen der Kinderschokolade, nur halt gealtert. Er mutete an, wie eine menschgewordene, dinglich manifestierte Sammlung optisch rasch erfassbarer, neurotischer Symptome.

Ich sicher desgleichen auch, aber von mir reden und schreiben wir jetzt nicht.

Beide hatten wir einen besseren, damals noch analogen Fotoapparat als intellektuelles Erkennungsmerkmal aller erfolglosen aber jedoch bildungsnahen Descamisados[23] geschultert, kamen wir über Lichtbildnerei und irgendwelche sinnlosen und großen Passagierschiffe der Jahrhundertwende ins Geschwatze.

Die Dinge und Umstände, die Inhalte unseres Lebens treten notwendigerweise und aus sich selbst heraus ins Dasein ... fast rein aus physischer Notwendigkeit, kaum aus eigenem Movens. Man scheint nur tun und lassen zu können, was „grad dran" ist. Die eigene, scheinbar so freie Entscheidung folgt Notwendigkeiten, die sich aus den vorhandenen Umständen und deren Ursachen ergeben.

Schopenhauer schreibt darüber bereits so unendlich trefflich in der von ihm oft berührten Thematik, ob denn der eigene Wille, das eigene Wollen frei seien ...

Es war also der Auftakt zu einer viele Jahre doch eigentlich nicht unintensiven Freundschaft: Henk

---

[23] Dieser südamerikanische Begriff beschreibt und bezeichnet Menschen, die so arm sind, dass ihnen „das letzte Hemd" genommen wurde.

feierte seine Geburtstage, die in einen wonnigen, wettersicheren Blütenmonat fielen, mit großem Speiseaufwand, Fürstengeburtstagen gleich. Indes auch ohne Anlass lud er oft eine Horde Bekannter und Freunde zu nachmittäglich-abendlichen Rostbratwurstgrillen in das von ihm bewohnte Haus am Stadtrand der bekannten sächsischen Universitätsstadt C., entfernungsmäßig eine gute halbe Bahn- oder Autostunde von Vierheim-Schliebitz gelegen, ein. Mit seinem Haus und seinen meisten Freunden jedoch hatte es folgende Bewandtnis: Die Freunde schienen mehr die Freunde und Bewunderer des Hauses, als eigentlich seine Freunde zu sein. Daher muss wohl die Bezeichnung des Hausfreundes in seiner ursprünglichen Bedeutung kommen.

Mein Dackel stupst mich mit seiner feuchten, wie lackiert scheinenden schwarzen Nase, ich muss in meiner Niederschrift unterbrechen, der Computer wird sogleich in den Standby-Modus schalten und ich kann in Ruhe bei einer selbstgedrehten, sehr krümligen, bereits sehr durchfeuchteten Zigarette meinen Gedanken nachhängen, während ich den dicken Hund, Cosel gerufen, kurzbeleint vor die Wohnungstür führe, dass dieser sein rasch schnelles Geschäft verrichte. Seit meiner hastigen Trennung und Scheidung bin ich auf den Hund gekommen:

Er wärmt mir mit seiner phänomenalen, das Klischee

übertreffenden Dackel-Länge nächtens den schmerzenden Rücken, wenn ich ihn, kissengleich, in meiner empfindlichen Steißgegend positioniere. Das ruhige Naturell dieses Tieres kommt dieser gesundheitsfördernden Verwendung entgegen.

Die Größe meiner durchaus gemütvoll mittels IKEA eingerichteten Zimmer auch: Die kleine Mietwohnung liegt mitten im verwahrlost wirkenden, proletarisch und grau sozialisiertem Alt- und Vorstadtbereich von Vierheim, immerhin ein Ort, der noch vor hundert Jahren vier Straßenbahnlinien besaß. Der Blick schweift über eine unbelebte Straße zu einem idyllisch erscheinenden Park: Gottlob befindet sich ein 1866 oder 1867 geschaffener, fast großstädtisch anmutender Friedhof mit herrlichen, proper altväterischen und gefährlich spitz gotisierenden Wandgräbern und großen Schattenbäumen fast vor meinem Fenster, in welchen ich mich oft, günstiges Wetter vorausgesetzt, mit einer wollenen Decke und schmalem Buch platzierte ... eine schmucklose Seitentür in einer hohen Mauer verbirgt den Zutritt zu diesem wundersamen Reich der Vergessenen, der Gegenwart und Entgegenwart, in dem sich – zumindest für mein süßliches Empfinden – Raum und Zeit aufzulösen schienen: Selbst der Himmel ist anders dort: Wolkenfetzen, Sonne!

Ein Bann greift dort nach dem eigenen Empfinden, ein

Zauber liegt auf diesen Flächen, eine Ahnung des Südens empfindend, inmitten der lärmenden Stadt ... Ich bin mit mir dann völlig allein (ist man „mehr selbst" in einer entfremdeten Einsamkeit?) und gewinne rasch an Sicherheit und Freiheit im Schutzraum dieser Vergänglichkeiten, die mir im Leben „da draußen" so völlig, völlig abgeht. Wortzeilen aus einem schmalen Buch-Bändchen, von mir dick mit Kugelschreiber unterstrichen und danach auswendig gelernt, kamen mir in den Sinn: „Und ich habe sowohl Freiheit als auch Sicherheit in meinem Wahnsinn gefunden; die Freiheit des Alleinseins und das Bewahrtsein vor dem Verstandenwerden. Denn die, die uns verstehen, versklaven etwas in uns. Aber ich will nicht allzu stolz auf diese Sicherheit sein. Auch ein Dieb im Gefängnis ist sicher vor einem anderen Dieb"[24]

Wer ist, besser, wer war Henk Breuna, denke ich, während ich an dem zerknitterten, braundurchweichten Stummel ziehe und mich mit der Hochglanzzeitschrift „Weltkunst" unterm Arm zum nahen, meiner düsteren Wohnung gegenüberliegenden Friedhof begebe.

Ich schnippe die Kippe gedankenverloren und angewidert ins Gras. Ein Rentner mit Filzhut droht

---

[24] Ich weiß nicht mehr, von wem das ist. Scheiße!

von weitem mit der Faust und ruft irgendwas. Der Dackel? Die Kippe? Ich winke ab, ohne mich umzudrehen und rief, so laut, dass es der Alte noch hören konnte: „Dich hammse wohl lobotomiert?" und „Du drehst wohl maßvoll durch?"

Dabei kam mir, rasch resignierend, Pascals Diktum in den Kopf ", ... dass alles Unglück der Menschen einem entstammt, nämlich dass sie unfähig sind, in Ruhe allein in ihrem Zimmer bleiben zu können." Ich dachte hierbei an mich, den Plärr-Rentner und den Henk Breuna. Ja, an den auch.

Es war bereits damals durch meine einsame, einzelgängerische Art zu leben, mir nun leider sämtlicher Gruppen- und Gesellschaftsdruck, welcher allesamt in Konformitäts-, Identitäts- und Meinungszwang mündet, genommen: Ich musste nicht darauf achten, ob dieser Opa etwa Vater oder Oheim des Vierheimer Bürgermeisters ist und mich bei demselbigen verpetzend anschwärzen könnte.

Mir war das schlicht gleichgültig, oder um eine hebräische Floskel zur Hand beziehungsweise in den Mund zu nehmen: Hekuba!

Aber auch die heilende Wirkung der Deutung und Selbstanalyse ist leider begrenzt, dachte ich, im gezackten Schatten des hohen Meckfeldtschen Grabmales, auf der Wolldecke liegend. Mein Blick fiel dabei auf den Namen „Wanda von Meckfeld". Sie starb am 19. 01. 1899. Wanda! Was für ein Eisenkunstguss-Namens-Ungetüm!

Nun tat Henk immer so, als müsse man ihn bedauern. Lasch und ohne erfassbare promiskuitive und ökonomische Potenz jammerte er. Was ich als argloser Andreas jedoch nicht wusste: sein Lebens-System war von allen Individualitäten, die ich kannte, am unanfälligsten für Störungen. Warum?

Weil er von hinten mit Geld zugeschissen war, sich aber zur Betrachterseite mit einigem Erfolg malade, Mitleid erregend und hilfsbedürftig gab ... Nett war er eigentlich immer, nur dass „Nett" eben der kleinere Bruder von Scheiße ist ...

5

Unter einer leicht flackernden Neonröhre lag er in seinem blankweißen, bleichen Krankenhausbett, welches ein bebrillter Pfleger mit Stiernacken und Glatze mittels einem laut surrend-elektrischen kleinen aber kräftigen Zugapparates durch die dem liegenden Andreas erschreckend eng erscheinenden Fluren und Gängen des riesigen Klinikums leicht klirrend und klackernd in einen unscheinbaren Vorraum des Operationstrakts geschoben wurde. Er war froh, trotz unmittelbar angekündigtem Lockdown den seit Monaten feststehenden Krankenhaus-Termin wahrgenommen zu haben.

Vor der Beleuchtung drehte sich müde ein Deckenventilator und zerhackte Licht, das die Szene darunter anmuteten machte, wie aus einem sehr frühen und zappelnden Stummfilm der Gebrüder Skladandowsky[25] ...

Warum er ausgerechnet jetzt einen Ohrwurm des ja doch leicht gewaltaffinen Kampfliedes „Vorwärts,

---

[25] Max und Eugen Skladanowsky, Wegbereiter des Films, Erfinder des „Bioscops", 1895 erstmals Kurzfilme im Berliner Wintergarten-Restaurant.

Internationale Brigaden" hatte, wussten nur die Götter und die Tiefen seiner eigenen Psyche. Diese „R"-rollende Kanaille[26] grölte in seinem Kopf mit aggressiver, brummender und eindringlicher Stimme: „Ja zum Teufel die fremden Legionärrrre, jagt ins Meerrrrr den Banditengeneral ..."

Jetzt war er allein. Das Neonlicht über ihm schien zu flackern. Andreas begann jetzt Angst zu bekommen. Leise und lispelnd summte er den Ernst-Busch-Gesang in seinem Kopfe mit. Die Zunge begann taub zu werden. Wie in einer falschen Matrix oder einer Comedy-Variante der Nahtoderfahrung kam die Überall-Reinemachefrau mit ihrem grünen Haarnetz und gutmütigem, verfalteten Philistergesicht in den Raum und grüßte ihn mit einem beiläufigen halben Kopfnicken.

Ihre sichtbaren Unterarme waren tätowiert. Irgend-welche blauen und billigen Efeublätter. Sie zerknüllte eine lange grüne Papierbahn und warf sie in einen überdeckelten, gleichgültigen Plastikeimer.

Das werden sie vielleicht auch gleich mit dir tun, dachte er. Und: Das ist nun wirkliche Ferne und Einsamkeit. Fern von allem. Und doch klebe ich am

---

[26] Ernst Busch (1900-1980), Arbeitersänger, war der Ur-Interpret des schmissigen, aber bedenklichen Songs.

Leben wie ein Kaugummi. Er dachte es ganz ruhig und fast ohne Herzklopfen.

Dann setzte ihn eine Schwester in Eile an beiden Händen Injektionsflexylen, sogenannte Venenverweilkatheter. Das Schlitzpflaster war rasch geklebt. Andreas drehte seinen Kopf angstvoll auf die Gegenseite.

Er hatte jetzt schlicht Schiss, denn sie war bereits in Feierabendstimmung. Ihr wurde aus einer geöffneten Flurtür von einer hellen Stimme zugerufen „Du verpasst Deinen Bus! – „Frei das Land von Banditen und Piraten!" Dann hörte er nichts mehr.

6

Törne machte den Mund auf und ließ eine Reihe offenkund falscher Zähne sehen. Zu gerade! Zu gepflegt, dachte er abfällig.

Andreas lernte den Glamour-Oxford-Schuhträger des ersten Kliniktages auf dem Krankenhaus-Flur seiner Abteilung kennen: Er war Bundestagsabgeordneter, übrigens der erste, den er leibhaftig sah! Nicht der erste Brot-Politiker, aber wohl der erste aus'm Bundestag. Natürlich konnte, ja, musste man der Selbstzufriedenheit dieses Mannes ein gewisses Anerkennen zollen, einer distanzierten, weichzeichnerischen Anerkennung ähnlich, welche man größeren Findlingen und hohen Türmen entgegenbringt.

Selbstgefällig fuhr Törne sich mit den kurzen Fingern seiner Hand durch kurz gehaltenes, merkwürdig stumpf und matt erscheinendes Haar, um sich unmittelbar danach seine Benny-Goodman-Brille abzunehmen und diese mit einem kleinformatigen Tuch zu putzen und zu reiben.

Was is'n der für'n Jahrgang? dachte er sich. Das solle sich indes später klären.

Törne kam unseren romansattelfesten Andreas wie ein Wiedergänger des fürchterlich-junggetrimmten Alten auf der Barkasse am Buch-Anfang von Th. Manns *Tod in Venedig* vor.

„Und was hinter den Kulissen abgeht, da haben wir ja gar keine Ahnung!" Ralph J. Törne sagte das in einem austauschbaren Politiker-Cuvee-Tonfall, der den Zuhörer strikt von tieferer Mit-Erkenntnis ausschloss. Er, er, daran hatte kein Zweifel zu bleiben, er wusste, was hinter den vorgeblich vorhandenen Kulissen gespielt wird!

Wieder fuhr er sich mit der rechten Hand fahrig durchs stumpfe, kurze, braune Haar: „Ich sage nur: Die Bilderberger! Das ist alles unterwandert! Alles! Sie wissen es vielleicht: Die neue Ordnung!"

Ogottogott! Großer, gütiger Gott! dachte sein Gegenüber, mit solchen Phrasen, Ondit-Weisheiten[27] und Plattheiten verdient der sein üppiges Leichtmatrosen-Katzengold. Dir müsste man mal deinen Hochmut austreiben!

Törne und Andreas gähnten sich plötzlich gegenseitig-gleichzeitig an.

Ist es schwer, so zu werden, wie du bist? So doof und einschichtig zu werden, ist das schwer?

Das dachte Andreas allerdings nur. Dieses gemütlich-

---

[27] Ondit: bildungssprachlich für Gerücht, Rederei, Fama

seichte Kommunikations-Gemisch aus Gehörtem, Gewünschtem und Erfühltem langweilte rasch: Ist es am Ende so mit uns, dass eine tiefe Langeweile in den Abgründen des Daseins wie ein schweigender Nebel hin- und herzieht[28], dachte der Gedankenschnellere von Beiden.

„Wir wissen doch garnix! Wir sind alles nur Käfig-Laborratten in einem Computerspiel!" Mit diesen gescheitelten, gängigen Worten der Halbgebildeten ließ der Erhabene keinen Zweifel, wer hier wirklich mehr, viel mehr, ja alles wusste. Seine zu feminin wirkenden Lippen standen leicht auf: blitzende Goldplomben und ein Mund, der wenig, sehr wenig an der Welt zu leiden schien.

„Dir", murmelte Andreas, „pieksen deine Schweine-borsten ooooch durch das Jackett hindurch, du Paarhufer!"

---

[28] Heidegger

7

Im leichten Geräte-Geklapper und der milden Geräuschkulisse aus unsichtbaren Lautsprechern und Bass-Boostern des Fitnessstudios „Plug-In" sah er sie: Eigentlich nur aus dunklen Augen bestehend, in perfekter Form schmal zulaufendes, römisch-südlich anmutendes Gesicht. Die nackten, fast zu dünnen Arme und die zierliche zerbrechliche Schulter schienen wie aus Bronze. Das Mädchen!

Das Mädchen war indes jetzt 37 Jahre geworden. Das Leben, ihr Mädchen-Leben, hatte links und rechts des sinnlich aufgeworfenen Mundes leichte, ganz leichte senkrechte und zarte Mädchen-Furchen gegraben, die dem Gesicht einen Zug ins Herbe, fast Lebensenttäuschte gaben. Ihr Haar war rotbraun gefärbt. Man sah es unschwer am lackschwarzen Ansatz.

Sie färbte anscheinend nicht oft, dachte er intensiv. Er bekam schreckliches Herzklopfen.

Wer ist das? Wie sprichst du die an, dachte er, verzweifelt rasch verschiedene Varianten überlegend und sofort wieder verwerfend. Sich an einem blitzenden Kraftgerät unlustig und leicht schwitzend hin und her windend, hörte er aus dem benachbarten Turnraum irgendwelche testosteron-schwangeren späten Teenies mit Lycrahosen und neonfarbenen

Achsel-Shirts laut und übertrieben-anfeuernd schreien. Hu! Ha! Eins, zwei, drei!

Wo war sie? Wer ist sie? Woher kannte er sie?

Wieder das Sport-Geschrei im Nachbarsaal. Reine Fressopfer der Steinzeit! Die wären in ihrem Leichtsinn und Selbstüberschätzung hoffentlich bereits damals vom immer hungrigen Säbelzahntiger verknuspert worden. Bums! Genetische Linie beendet! Trotzdem keine Ruhe vor denen, fünftausend Jahre später im Plug-In, dachte er. Gleichzeitig dachte er an sie. Er ging verwirrt in die Sauna.

Woher kannte er sie? Kannte er sie überhaupt?

Dorna dachte nach und vergaß, ganz tief selbstisch-autistisch in Gedanken, seine Umgebung. Unter dem von ihm unbemerkten, musternden Blick eines alternden Sport- und Gymnastik-Homosexuellen nahm er, sich bückend, sein weinrotes Badehandtuch aus Frottee - Stoff und ging durch die beschlagene Glastür heraus. Der Homo kaute und mahlte mit seinem – offensichtlich falschem – Gebiss, ihm lüstern hinterher schauend. Er bemerkte es nicht.

8

Inzwischen donnerten die ersten Gewitter über unseren angstvollen Helden: Der schwüle Sommer-Himmel war plötzlich dunkel und bleigrau geworden, irgendwoher kam Donnergrollen. Andreas Dorna dachte in einem Anfall von schrecklichem Selbst-mitleid über den scheinbar schwarzen Grundfaden der Letztjahre nach ... den Schicksalsfaden der Parzen, der doch nur einmal durchschnitten wird. Goethe kam ihm in den Sinn: *„... den doch die Schere der Parzen nur einmal zu lösen weiß ..."* Harzreise im Winter? Alles unnütz! Er verwünschte sich.

Schulkinder gingen durch unruhige Stadt lärmend an seinem offenen Fenster vorüber.

Kauend dachte er mit heißen Augen nach und versuchte sich mit einem neutralen Gedankenthema abzulenken. Sein Blick fiel auf den Abreißkalender, der auf seinem nicht unwürdig aussehenden, etwas klobigen Buffet von 1928 stand. Irgendein Sommer-datum. Die Landschaft unter ihm schien ihm entfremdet.

Er dachte an die wenigen Momente echter Freude in seinem Leben: Als seine erste Freundin ihre runde Intellektuellen-Brille ablegte und den BH öffnete ... An sein erstes Motorrad und das rote Auto. Und er dachte an seine Literaturinterpretation in der DDR-

9ten-Klasse, auf die er von Fräulein Stock eine glatte Eins bekam, ohne den stinklangweiligen und zu dicken Roman von Maxim Gorki überhaupt gelesen zu haben. *Die Mutter* Pelageja Nilowna blieb ihm in unangenehmen, dumpf-freudlosen Erinnern: nur eine plump-proletkulthafte, agitatorische, mit merkbarem didaktischem Pathos überzeichnete Figur.

Das begriff er aber erst anderthalb Jahrzehnte später, als es ihm endlich dämmerte, dass es nur gute oder schlechte Literatur geben könnte. Unabhängig vom Klassenstandpunkt und ideologisch-vertrübt schwachen Begründungen!

Er schrak aus seinen Gedanken hoch: Ein Stadtführer, den er unmittelbar unter seinem Fenster hörte, mit hilfloser, eher fragender Stimme, den Kopf verdrehend und im Laufen zum Publikum gewandt, rief: „Und das hier, das is nu ja aus'm Biedermeier!" Andreas Dorna musste lachen. Urplötzlich! Wie ein Anfall! Ein lösender Freu-Anfall! Er wischte sich die Lach-Tränen aus den Augenwinkeln. Oder waren es Depressions-Tränen? Corona -Tränen?

9

Andreas dachte manchmal angestrengt nach. Nicht über die gesamtgesellschaftliche Situation, nicht über politische Grundsatz- oder Wahrheitsfragen. Oh nein! Bei ihm war es immer kleiner, viel kleiner.

Was treibt eigentlich selbst wirklich weidlich durchaus intelligente und durchaus mehr als im Mindestmaß emphatische Frauen dazu, oft und in inflationär empfundener Quantität vom eigenen, verflossenen Liebhaber und weiland intimen Weggefährten ausführlich dem Neu-Partner zu erzählen, überdachte Dorna gerade verzweifelt ... Es gibt wohl nichts Deprimierenderes ...

Warum, warum indes tun sie das??

Es ist für das sensible männliche Seelen-Weichei fürchterlich! Vergleich? Vergleich! Für die Frau indes nicht: Sicher zum ersten, um sich – wenn auch nur retrospektiv – begehrt zu machen. Es ist sozusagen der „Flirt nach hinten", die unaktive Variante des Geschäkers mit als sexuell attraktiv empfundenen Bekannten in aktiver Gegenwart und unter dem natürlich kritisch-missbilligendem Blick des aktuellen Partners.

„Ich bin begehrt!" Ist es Wille zur Selbst-Präsentation? Hat es die Komponente der Selbst-Reflexion?

Als zweiten, möglichen Ursachen-Punkt: „Ich bin so derart ehrlich! Du sollst alles wissen!"

Hmmmm, … natürlich ist das Verschweigen von etwas keine Lüge, jedenfalls keine Aktiv-Lüge.

Hätte sie gesagt: „Ich gehe zum Friseur", träfe sich aber mit ihrem Geliebten, so wäre dies eine aktive Lüge! Es scheint vor allem nicht Hoffart, was Frauen so reden lässt.

Eher ein tatsächlicher Unterschied des Denkens zwischen Mann und Frau? Überbordendes, selbstreflektorisches Informationsbedürfnis oder brombeerbillige Dummheit?

Männer indes schweigen innerhalb der Beziehungs-Kommunikation im Allgemeinen von ihren Vor-Partnerinnen oder sagen dilatorisch wenig. Um Probleme zu vermeiden? Um Vergleiche zu vermeiden?

Beide Fragen sind Endergebnis, keine Ursache … Ist es ein heimliches feminines Leitbild, die Ursachen des Scheiterns von Vorbeziehungen nicht gründlich genug zu analysieren und aus diesem Grund zu plaudern, wie man es über den gleichgültigen Onkel, den Tankwart, Busfahrer oder die Tante tut?

Ist die häufige Erwähnung des oder der „Vor"-Partner

indes ein tastender femininer Selbst-Mobilisierungs-Begriff?

Ein tastender Beziehungsbegriff männnervergleichender, bereits lau-latenter Unzufriedenheit? Ist es schlichter Exhibitionismus mit der Ursache Eitelkeit? Erinnerungsmasochismus?

Als Mann goutiert man diese irrationalen Informationen nicht besonders – eher machen einen diese schlicht unsicher: Sie lösen bei einem selbst das unwirsche Gefühl rascher, eigener Ersetzbarkeit aus, sozusagen eine temporäre Reduzierung.

Zu protestieren getraut man sich indes in einer Neu- und Frischbeziehung ohnehin nicht und so gilt der alte Spruch: Wie man es macht, man(n) macht's verkehrt ...

10

Henk Breuna hub jetzt an zu reden. Henk lief seit Jahren zum großen, omniumerfahrenen Politologen und Volksredner auf!

Andreas drehte die Augen unwirsch nach oben.

Es war dann kein Halten bei Breuni! Endlose Monologe ohne mögliche Widerrede. Ob es allgemeine Alltagswut oder schlicht eigene rhetorische Reaktion auf seine ausgebüxte weißbraune Ratte „Meica" war? Uneinschätzbar!

Seit dem Kennenlernen vor einem Menschenalter in der Bastelbude kaufte Breuna sporadisch-launenhaft und völlig unüberlegt Kleintiere, er besaß bereits Singvögel, deren Käfigtüren er zerstreut nach dem Füttern vergaß zu schließen und jetzt eben Meica, die Ratte, welche er vor kurzer Zeit aus dem städtischen Tierheim adoptierte. Die war aus ihrem Käfig verschwunden und seine Wut groß.

Er drehte jetzt richtig am Kabel.

„Eine Reformation wird dereinst kommen, massiver, als wir uns das vorzustellen in der Lage sind! Wenn mehrere Klassen nicht einverstanden sind … anders, dass ich an etwas glaube, was nicht beweislich ist. Der Kern des Glaubens ist, an etwas zu glauben, was nicht bewiesen ist. Das macht den Glauben aus! Das gänzlich Unbewiesene!"

So zeterte er.

Dorna hingegen meinte: „Es ist schwieriger, an gar nichts zu glauben! Und das mit Konsequenz!"

„Der ungezügelte Kapitalismus ist nicht gut. Ich kann ein Huhn nicht vor ne'm Pferdewagen spannen!"

„Doch", entgegnete Andreas, „tausend Hühner machen auch ein Pferd!" Er dachte nach seiner Antwort rasch bei sich selbst: Mein Gott, Breuni hat einen Papagei gefressen!

Und wieder seine alte Leier: „Die sozialen Panzerplatten, die gesellschaftlich aufeinanderstoßen, weil der dämpfende und hemmende Klavierfilz dazwischen weg ist!"

Schwundstufe im Breuna-Dasein, dachte Andreas Dorna, jetzt resigniert und ärgerlich werdend. „Kulturelle Schwundstufe, nicht in der Lage, außerhalb dieser platten Begriffe zu denken. Das sind doch alles klischeesierte Begriffshohlheiten und Phrasen", empörte sich Dorna „Reine abgelutschte Binsen-Begriffsmarken auf dem bloßen intellektuellen, blanken Fußbodendielen! Suche und finde deine scheiß Ratte!"

Jetzt fingerte er mit einem Wattestäbchen in seinem Gesichtserker. „Einstufiger Test für SARS-CoV-2-Antigen (Kolloidales Gold)" zum Aufreißen in praktischer Folieverpackung! Das ganze Volk ein Völkchen der Laien-Laboranten ... Kolloidales Gold? Gold? Andreas suchte den Herstellerstempel auf der Packung. Ahhhh! Nanjing im fernen China. Wie praktisch! Er nickte. Alles aus einer Hand. Problem und Lösung gleichermaßen.

Andreas lachte heiser und zynisch auf! Jetzt hatte er „es" auch! Nach zwei Tagen mit bislang ungeahntem Rückenschmerz, Schweiß, Herzrasen und Mattigkeit fuhr er am dritten Tag zu seiner ewigen Hausärztin, einen sogenannten PCR-Test zu erhalten.

„Mich interessiert vor allem aber der schriftliche Nachweis der Genesung", plärrte Andreas Dorna, immer noch das große, flapsige Maul habend, „wenn ich nicht als Ungeimpfter stürbsle, wie das Chaosmännchen von Gesundheitsminister ja medial vorhersagte, kann ich denselben für ein Vierteljahr Normalität wirklich gut brauchen!"

Dies prustete er notscherzend und dumpf unter seiner weißen, hundeschnauzenförmigen FFP-2-Maske zu „seiner" in einen skaphanderhaften Gummianzug eingewickelten und mit Lackiererschutzmaske unkenntlichen, etwas bekümmert scheinenden Dokterschen hervor.

Sie sah in diesem perchtenhaften Aufzug fast wie eine Melange aus Ebola-Seuchenstation und den grotesk-phantastischen Taucheranzügen in dem knallbunten, in den 1970ern im DDR-Fernsehen totgespielten Film „Herrscher einer versunkenen Welt": So cringe, so gestört!

Er lag völlig ermattet mehrere Tage in seinem Bett und medizinierte mit Kinder-Nurofen und Hustenlöser unlustig an sich herum. Wenn dieser scheußliche Rückenschmerz nicht gewesen wäre! Seine Heizdecke wurde ihm bester Freund.

Rudolf Treben soll daran gestorben sein. Und der reiche, dicke Wirt vom Wildenbörtenhaus, einem bekannten Ausflugs-Gasthof vor der Stadt ... Unserem Andreas wurde trotz seines großen Maules ooooch schon ganz schlecht.

Eine unbestimmte Traurigkeit erfüllte ihn plötzlich. Sich nicht eins mit dem offiziellen Geplärr seiner Umgebungen und Zeit zu wähnen, ging ihm bislang oft so, ohne dass es ihn zu sehr störte. Eigentlich die Mehr-Zeit seines Lebens. Aber dass es ihm so wenig einträgt!

Geld und Beachtung gingen gegen Null ... Seine

Gedanken schweiften zum alternden Goethe, dessen Gipsbüste auf dem klobigen Buffet stand: Den hatte in seinem Napoleonkult im Zeitalter des Romantischen ooch niemand verstanden!

Eitel fühlte er mit dem längst vergangenem Goethe, der sein Vorbild- und Beschäftigungs-Stern seit Teenagerzeiten war. Ihm kam die Szene ins Erinnern, wie er sich an einem warmen Sommertag der späten DDR in der Volksbuchhandlung seiner Heimatstadt eine preiswerte Biographie dieses Menschen kaufte. Die wurde ihm Trost, den er sonst nicht hatte. Unter dem Gekicher zweier Schulmädchen, welche in einer Aufwallung ihres infantil-schlichten Schulmädchen - Humors „Goethe" glucksten, als hätte man einen zotigen Witz gerissen.

Er verließ damals hochrot, aber glücklich mit seinem Büchlein in den verschwitzten Händen die auf der belebten, hellen Hauptstraße Vierheims gelegene Buchhandlung.

Seine Charakterstärke (oder Unvermögen?) mit denen er sonst den Ausschließlichkeitsanspruch-Sprüchen der Zeit widerstand, schwand ... Aber der Verstand siegt nun ohnehin nie. Allenfalls kann man innerhalb der Lebens-Ausgeliefertheit Würde bewahren ...

———————————

Er starb nicht. Nicht an Corona, nicht an Clarita …

———————————

Editorische Anmerkung des Autors: Am 20. März fiel die sogenannte „3-G-Regel" und am dritten April 2022 wurde die Maskenpflicht für die BRD vom Bundestag aufgehoben.

Am Leben entlang

Wer spricht von Siegen? Überstehn ist alles.

Rilke

Ich stelle eine einfache Frage:

Was ist Erfolg, was ist Misserfolg und worin definieren sich diese beiden Existenzebenen des menschlichen Daseins?

Ist der Erfolgreiche automatisch der glücklichere Mensch? Ist jener, der, in Ermangelung eigenen Erfolges es murrend in Erwägung zieht, stetig am Tischtuche der arrivierten Leute zu nagen, um den Abglanz des fremden Erfolges kosten zu dürfen, ist der wirklich ein geschickter Nutznießer?

Und noch etwas:

Ist der Mann, der allen Kaprizen von psychologisch interessant gelagerten Frauenpersönlichkeiten knechtisch untertan ist, besser dran?

Oder ist der autonome, unbeirrbare „Untergeher", der erfolgs- und glücklose Antiheld derjenige, dem wir als

Leser unsere Gunst schenken, weil wir uns in seinem verzweifelt versuchten Dasein so unendlich aufgehoben fühlen?

Der Autor Dieter Scheidig gibt in den vorliegenden zwei Erzählungen keine eindeutige Antwort auf jene Fragen, die wohl auch seiner eigenen Biographie entspringen, da er sich in vielen Lebensbereichen selbst als ein Zwischen-den-Stühlen-Sitzender wahrnimmt. Er kennt die Zwickmühle genau, er weiß, dass jeder in gewisser Weise Scheiße am Schuh hat, also von einem Haufen, den das Leben so für einen bereithält, in den nächsten tritt. Vielmehr ermutigt er seine Leser, selbst nachzudenken, ihr eigenes Leben zu reflektieren.

Es lohnt sich also, Scheidigs Erzählungen im Nachgange genauer zu untersuchen, wobei ich die Helden der einzelnen Erzählungen, Peter Kriener und Andreas Dorna, unter ein paar Gesichtspunkten betrachten will.

Das Ich und die Welt

Das „Ich" eines jeden Menschen zeigt sich zunächst immer in de Validität des eigenen Daseins in Bezug auf die „Welt". Wer bin ich, was kann ich, was vermag ich. Wenn diese Parameter nicht oder nur unzureichend erfüllt sind, hängt der personale Haussegen schief, das ist klar einsichtig.

Ein Ventil, das der Autor seinen Haupt-Protagonisten gewährt, ist der Innere Monolog, ein intensives Nachdenken und Räsonnieren über die eigene Befindlichkeit. Der jeweilige „Held" lässt unter der Feder des Autors Vergangenes und nahe Gegenwärtiges vor seinem inneren Auge und damit auch vor dem Leser anschaulich Revue passieren. Dies geschieht stets in der Ich-Form. Der Text beginnt selbst zu sprechen, der Leser gerät unversehens an die Seite des Peter oder des Andreas, kann mitempfinden und durch deren Augen blicken.

Ein wenig distanzierter ist die sogenannte Erlebte Rede, eine Kunstform, die Scheidig auch gerne anwendet, um einen maßvollen Abstand zum Protagonisten herzustellen. Beide, Peter und Andreas denken, ja, sie stellen ihr handelndes Denken wie ein Bollwerk zwischen die die Dialoge als endlich errungene, autonome Daseinsberechtigung, vor allem den Frauen gegenüber.

Des Ichs Bewältigung der Welt findet teilweise auch in einem sogenannten Gedankenstrom (Stream of consciousness) statt, vor allem in den emotional aufgeladenen Passagen, in denen es über die Beziehungen des sprechenden Ichs zu Frauen geht. Hier brechen die Dämme der klassischen Erzählung, hier bricht sich der Schwall des rein subjektiven Erzählens Bahn.

Es fällt auf, dass unsere Helden gerade in der Kommunikation gerne ihre Zuflucht zu diesen selbstbezogenen Erzählformen suchen. Dabei scheint es ihnen aber nicht aufzufallen, dass sie immer nur mit sich selbst sprechen, nie aber mit der sie umgebenden Welt. Letztendlich reden alle Personen der Erzählungen so herzzerreißend an ihren Lebenswirklichkeiten vorbei, dass es den Leser schmerzen möchte!

Es scheint ein unüberwindbarer Graben zwischen dem jeweiligen Protagonisten und vor allem der geliebten oder wenigstens verehrten weiblichen Bezugsperson zu existieren ...

Aber darüber werden wir nächstens verhandeln.

———————

Das ewig Weibliche?

Das Herz einer Frau
Der Inhalt einer Worscht,
Der Magen einer Sau
Bleiben ewig unerforscht.

Dieses wenig schmeichelhafte Zitat von Wilhelm Busch passt genau auf der Protagonisten Leiden an der Daseinswahrnehmung in Bezug auf die ihnen vertraut scheinenden Frauengestalten.

Scheidig fokussiert seine Helden ganz genau. Immer geraten sie mit traumwandlerischer Sicherheit an Frauen des Typus „Belle Dame sans mercie", also auf die wunderschöne, aber mitleidlose und daher siegesgewisse Frau.

Ganz ehrlich, da kann ein Mann nur unterliegen!

Peter Krieners Beziehung zu Mirna/Miefka ist von vornherein zum Scheitern verurteilt, weil er in sich den Unzureichenden sieht, er nimmt sich als einen wahr, der zwanghaft glaubt, der Frau immer und ewig nie genügen zu können. Sein dennoch trotziges Aufbegehren, in das sich der Vorwurf an die mit dem „Madame-Bovary-Syndrom" behafteten Frauen mischt, endet in Resignation, in gesellschaftlicher Scham, von Mirna/Miefka durch ihre Unzufriedenheit und ihre Pauschalierungen („Ihr Männer seid alle gleich!") entwertet zu werden.

Doch Peter versucht den Zustand des Austauschbarseins gegen Ende der Erzählung abzumildern, indem er sich der weiblichen Abhängigkeit in gewisser Weise entzieht. Er zeigt sich allen Vorwürfen gegenüber ungerührt, um letztlich aus dem Beziehungsende als Sieger hervorzugehen.

Nicht viel besser ergeht es dem Andreas Dorna in der Corona-Erzählung, die sich im Übrigen nicht so sehr mit den Unbilden der Erkrankung selbst als vielmehr mit den Auswirkungen auf das eigene Kommunikationsverhalten beschäftigt, und die individuelle Weltsicht, der Entscheidung zwischen zwei extremen gesellschaftlichen Positionen zum Leidwesen von Roman-Protagonist und Autor selbst voraussetzt.

Andreas spricht nicht so sehr mit den Menschen, er denkt vielmehr über sie nach; so reflektiert er intensiv die Tatsache, warum viele Frauen dem aktuellen Partner Erlebnisse und Meinungen bezüglich der „Verflossenen" so übergenau auf die Nase binden.

Wollen diese Frauen sich den Anschein entwaffnender Ehrlichkeit geben? Ist es die indirekte Aufforderung an den Adressaten dieser Worte, jetzt sich bitteschön so zu verhalten, dass sie in ihm den idealen Partner sehen kann? Oder ist es die egoistische Steigerung des eigenen Marktwertes, wenn eine Frau von vielen Ex-Männern spricht?

Dabei frage ich mich, ob sich die vielbeschworene, emanzipatorische Sicht der Frau und gleichzeitig ihr Beharren auf ihrem Marktwert und letztlich ihrer tatsächlichen Liebesbedürftigkeit nicht einander ausschließen ...

———————————————

Überstehn ist alles

Um das Jahr 1908 herum wollte ein junger Mann, Wolf
Graf von Kalckreuth, ein gesellschaftlich anerkanntes
Leben sich verwirklichen, indem er in eine
Militärakademie eintrat. Dieser Jüngling war
eigentlich ein schöngeistiger Mensch, den Künsten
zugetan, er übersetzte Rimbaud und Baudelaire
metrisch exakt ins Deutsche. Sein Vater, ein
Literaturprofessor, verstand das Drängen seines
Sohnes zum Militär nicht. Nun, der Junge wollte sich
und der Welt etwas beweisen, aber er hielt dem Drill
und dem Druck nicht stand. Er zerbrach an seinem
zwanghaften Vorhaben gesellschaftskompatibel sein
zu wollen.

Er nahm sich selbst das Leben.

Der Dichter Rainer Maria Rilke schrieb diesem jungen
Menschen ein Requiem, vermutlich, weil er selbst den
sozialen Druck des Etwas-Darstellen-Müssens sehr
gut kannte. Doch er vermochte sich dem zu
widersetzen; er beschloss, sich

Doch wie ergeht es unseren Untergehern Kriener und
Dorna, unseren beiden Versager-Helden, wie Scheidig
sie zu nennen pflegt?

Wie auch der Autor selbst haben sie zuallererst keine
fixe Idee, der sie auf Gedeih und Verderb sich

ausliefern; natürlich hegen sie den Wunsch, es ihren erfolgreichen, aber oft sehr plump erscheinenden Antagonisten in Dingen des Ansehens und der Liebe gleichzutun.

Aber sie sind klug genug, die Unmöglichkeit zu erkennen und aus ihrem krummen Dasein jeder für sich das Beste und Erreichbarste herauszuholen.

Ihre Stärke liegt im trotzigen Weitermachen, sie, die Stellvertreter für alle Ihresgleichen, hangeln sich mutig und menschlich am Leben entlang.

Elisabeth Thaler, M.A.

Über den Autor

- 1965 im thüringischen Rudolstadt geboren

- studierte sowohl in und nach der Wendezeit in Leipzig Museologie

-langjähriger Museumsleiter eines Thüringer Stadtmuseums

- Promotion über ein sepulkral-historisches Thema

- wohnt seit 23 Jahren umgeben von Artefakten und Antiquitäten in einem knapp 400 Jahre alten, selbst saniertem Bürgerhaus in Rudolstadt, viele Veröffentlichungen in historischen Periodika und Heimatliteratur sowie Novellen, gesellschaftskritische Essays und Erzählungen ...

Vom selben Autor sind bei BoD in gleicher
Ausstattung u. a. erschienen:

= Der Blecher. Erzählungen aus der Wende- und
Nachwendezeit. Rudolstadt, 2018

= Die Erinnerung des Raben. Eine Novelle.
Rudolstadt, 2022

= Trojanisches Klavier. Zwei Wunschgschichten.
Rudolstadt, 2023